编舟记

舟を編む

〔日〕三浦紫苑 著

蒋葳 译

人民文学出版社
PEOPLE'S LITERATURE PUBLISHING HOUSE

著作权合同登记号　图字 01-2017-6804

图书在版编目(CIP)数据

编舟记 /(日)三浦紫苑著;蒋葳译. —北京:人民文学出版社,2018(2022.3 重印)
ISBN 978-7-02-013675-9

Ⅰ.①编… Ⅱ.①三… ②蒋… Ⅲ.①长篇小说-日本-现代 Ⅳ.①I313.45

中国版本图书馆 CIP 数据核字(2018)第 012432 号

责任编辑　卜艳冰　周　洁
封面设计　李　佳

出版发行　人民文学出版社
社　　址　北京市朝内大街 166 号
邮政编码　100705

印　　刷　上海盛通时代印刷有限公司
经　　销　全国新华书店等

开　　本　890 毫米×1240 毫米　1/32
印　　张　7.875
字　　数　158 千字
版　　次　2018 年 6 月北京第 1 版
印　　次　2022 年 3 月第 4 次印刷

书　　号　978-7-02-013675-9
定　　价　69.00 元

如有印装质量问题,请与本社图书销售中心调换。电话:010－65233595

一

即便说荒木公平的人生——如果用人生一词略显夸张，那么且用职业生涯好了——全都奉献给了辞典，也绝不为过。

荒木自幼就对词汇充满兴趣。

比方说，“狗”，明明就在眼前，却读作“不在”[1]。哈哈，真可笑。若是现在说出这样的话，大概会被女同事吐槽说：“荒木先生，拜托不要讲这种大叔式的笑话。”可当年还是小孩的他每每想到如此妙句，就满心欢喜。

“狗”这个字，并不仅指动物。

随父亲去电影院，看到银幕上遭到出卖的黑道分子奄奄一息，浑身沾满鲜血地大喊：“官府的走狗！”于是荒木明白了，原来敌

① 日语中“狗”读作“inu”，与“不在（居ぬ）”同音。

对组织派来的间谍也能被称为“狗”。

当得知手下处于生死边缘，黑道组织的老大霍地拍案而起，喝道：

“小子们，还杵在这儿干什么！给我准备好家伙，绝不能让那家伙像狗一样白白送死！”

于是荒木明白了“狗”还可以表示“白费”的意思。

狗这种动物，对于人类而言是忠实的伙伴，是值得信赖、聪明又可爱的朋友。尽管如此，“狗”却又可以指卑鄙的内奸，或形容事物无意义、无价值。真是不可思议。作为动物的狗，有时忠诚得近乎卑躬屈膝，越是对人忠实而不求回报，越凸显出它令人怜悯的徒劳。或许正是由于这些特性，赋予了“狗”负面的意义。

荒木常常自娱自乐地在脑海中展开想象。不过，他注意到辞典其实并不算早，最初的契机是从叔父那儿收到的初中入学贺礼——《岩波国语辞典》。

生平第一次得到一部完全属于自己的辞典，荒木立刻就沉迷其中了。

荒木的父母经营着一家杂货店，成天忙于进货和打理店铺。对儿子的教育方针也仅仅是“不给他人添麻烦，只要健健康康的就行”，压根儿就没萌生过特意给儿子买辞典、督促他学习的想法。不仅仅是荒木的父母，当时的大人大都如此。

当然，比起念书，荒木也更喜欢和朋友在外面玩，所以小学的时候，他并没怎么留意放在教室里的那本国语辞典。书脊偶尔会闯入视野，但无非就是一件摆设。

说起实际翻开辞典的乐趣，又该如何形容呢？锃亮崭新的封面，薄薄的纸张的触感，每一页都密密麻麻地印满了排排文字——这一切俘虏了荒木的心。不过最吸引他的，还是简明扼要地对词条进行说明的释义部分。

一天晚上，荒木和弟弟在起居室打闹，被父亲训斥："别大声嚷嚷！"荒木一时好奇，用《岩波国语辞典》查了"声"字。解释这样写道：

【声】人以及动物通过喉部的特殊器官发出的鸣音。类似的声音。季节、时期等临近的迹象。

还列举了由"声"构成的词句作为范例。诸如"高声"或是"虫鸣声"之类，自然能领会含义，平时也很常用。但诸如"秋天的声音""年近不惑之声"一类，就不是立刻能联想到的用法了。

不过，这么一说倒也的确如此，荒木心想，"声"确实有"季节、时期等临近的迹象"这层含义，和"狗"一样，包含着多种多样的意思。每次查阅词条解释，荒木都不禁意识到日常生活中使用的词汇，包含着出人意料的广度和深度。

但是，"喉部的特殊器官"这个说明未免有些故弄玄虚。被父亲训斥的事情也好，死缠烂打地想要引起自己注意的弟弟也好，此刻都被荒木抛诸脑后，他继续查阅着辞典。

【特殊】①本质上区别于普通；具有独特性质。②［哲学］与普遍相反，指个别情况、个别事物。

【器官】生物体的组成部分，呈现一定形态，发挥特定的生理机能。

这解释叫人似懂非懂。

荒木猜测所谓“喉部的特殊器官”是指声带，便没有深究。但如果查阅《岩波国语辞典》的人不知道声带一物，那么“喉部的特殊器官”将会一直是个谜题。

了解到辞典并非万能，非但没有让荒木沮丧，反而加深了他对辞典的喜爱。这种细微瑕疵的存在，反而更能让人感受到编纂方所下的功夫，实乃妙哉。不妨这么说，正因为它绝非完美无缺，才传达出了辞典编纂人的努力和热情。

乍看起来，辞典是无机质的词汇的罗列，然而这些数量惊人的词条、释义以及词例，全都是编纂人经过深思熟虑才落笔纸上的东西。这需要何等的毅力！这份对词汇的执着何其惊人！

每当攒够了零花钱，荒木便会跑去旧书店。因为辞典一旦改版，之前的版本便会在旧书店折价出售。荒木收集了一本又一本不同出版社的各类辞典，相互对照着查阅。有的辞典经过长年使用，封面已经破损；有的残留着前任主人的批注和勾画重点的红线。二手辞典里刻印着编纂人和使用人与词汇“搏斗”的痕迹。

将来，我也想成为研究国语或语言学的学者，自己亲手编纂辞典。高二那年夏天，荒木恳求父亲允许自己上大学。

“啥？要念国语是怎么回事？你不是会说日语吗？为什么还要专门跑去大学念那个？”

“不，不是你想的那样……”

“比起那些事情，你还是快来店里帮忙！你妈忙活得啊，都把腰给扭了。”

最后还是赠予《岩波国语辞典》的叔父说服了完全无法沟通的父亲。

“我说啊，哥。”

时隔好几年才来老家杂货店露一次脸的叔父，从容不迫地从中调解。叔父是捕鲸船的船员，似乎在漫长的航海途中体会到了辞典的妙趣。在亲戚眼中，他也是出了名的怪人。

“小公这孩子不是挺机灵的嘛，干脆就送他去念大学吧。”

荒木拼命地埋头学习、准备应试，最终考上了大学。大学四年间，他遗憾地发觉自己没有做学者的灵气，可是想要编纂辞典的热情却难以抑制。其中一个重要原因，便是他升上大四的那年，小学馆[①]开始出版发行《日本国语大辞典》。

这套辞典是总共二十卷的大部头。编纂工作耗费了十余年

① 创建于一九二二年，是日本最大的综合性出版社之一。

岁月，收录了大约四十五万个词条，据说参与制作的人员多达三千名。

以荒木穷学生的身家，自然无法出手。他凝望着摆放在大学图书馆里的《日本国语大辞典》——这套注入了许许多多热情和时间的辞典——激动得浑身颤抖。安静的图书馆里，这套辞典立在积满灰尘的书架上，宛如悬挂在夜空中的明月，洒下纯净的光芒。

以学者身份，将自己的名字刻上辞典封面，这我是做不到了。但是，还有一条路摆在我的面前——作为编者参与辞典的编纂。无论如何，我也想编纂辞典。就算把所有的热情和时间全部注入其中，也无怨无悔。这个对象，便是辞典。

荒木满怀抱负地加入求职大军，最终如愿以偿，进入了大型综合出版社——玄武书房。

“自那以后，我是一心扑在辞典上，转眼间都三十七年了。”

“呵，有那么长时间啦。”

“当然，和老师认识都三十年有余了。想当年您头顶还茂盛着呢。”

荒木把目光投向坐在对面的松本老师的头顶。松本老师放下游走在词例收集卡上的铅笔，笑了起来，清瘦如鹤的身体微微颤动。

“荒木你不也是，顶峰积雪不少哦。”

服务员端来了蘸汁荞麦面。午饭时间的店内座无虚席，满满当当全是上班族。荒木和松本老师默默地吸着面条。松本老师边吃边侧耳倾听着电视的声音，一听到不熟悉的词汇或不常见的用法，就立刻记录到词例收集卡上。老师一旦专注于此，便会不经意地用铅笔去夹面条，或是拿筷子往卡片上写。为了防止松本老师做出此类举动，荒木一如往常地留意着他的手。

两人吃完荞麦面，喝下冰凉的大麦茶，歇了口气。

“老师的第一本辞典是哪一本呢?”

“大槻文彦的《言海》，是祖父留给我的遗物。据说大槻克服了重重困难，只靠一己之力编出这本辞典。虽然那时还小，却也感动得一塌糊涂。”

“深受感动之余，您也拿它查了些色色的词儿吧?”

“我才不会干那种事。”

“是吗？刚才也说到，我的启蒙辞典是初中时收到的《岩波国语辞典》。那时我可是把那些俚俗的词儿翻了个遍呐。”

“不过，那本辞典极其端庄文雅，怕是让你相当失望吧?”

“没错！拿它查‘ちんちん’[①]这个词，也只能找到‘小狗表演的杂耍’和‘水烧开的声音’这两个解释……等等，老师您果然查过!”

“呵呵呵。”

---

① 俗语，指男性生殖器。

午休时间即将结束，不知不觉间，店里也只剩下稀稀拉拉几位客人。荞面店老板娘给他们的杯子里添上大麦茶。

“和老师共事的时间也不短了，可这还是头一次谈起关于辞典的回忆。”

“虽然我俩一起编了不少辞典，但每完成一本，立刻又被增订和改版的工作追着跑，都没机会静下来好好聊聊。《玄武现代语辞典》《玄武学习国语辞典》《字玄》，每一本都凝聚着深深的回忆。”

“这次不能协助老师到最后，真是非常抱歉。”

荒木将双手平放在桌上，深深地低下头。松本老师整理好词例收集卡，似乎有些沮丧，难得见他微微弓着背的样子。

“你退休的时间，真的没法再推迟点吗？”

“所谓人在江湖，身不由己啊。”

“哪怕是特聘也好。”

“我倒是打算尽量去编辑部帮忙……可是，内人的身体状况实在不太乐观。这些年来我一心都扑在辞典上，也没能为她做些什么，至少在退休之后我想多陪陪她。”

“这样啊，”松本老师的脸埋得更低了，但他却强装笑颜，以开朗的口吻说，“不过，这样挺好。现在该轮到你来照顾夫人了。”

作为编辑，怎能削弱老师的干劲？真是失职。荒木抬起头，向前探身，想要给松本老师打气。

“无论如何，我也会赶在退休前找到接班人。我一定会物色一

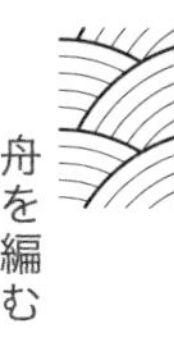

名年轻有为的人才，全心全力地协助老师，率领辞典编辑部，推动我们一手策划的新辞典。”

“编纂辞典的工作和一般的书籍或杂志都不同，是个非常特殊的世界。需要有耐心、不厌倦繁琐的作业；专注于词汇的世界，又不至于迷失其中，同时具备广阔视野。现在这个时代真的有这种年轻人吗？”

“肯定会有的。如果全社五百多人里找不出合适人选，就算让我去其他出版社挖角，也定要带一个回来。老师，今后也请您继续协助玄武书房！”

松本老师点点头，平静地说道：

“能和荒木一起编辞典，真是很幸运。不管你怎样努力寻找，我想这辈子再也遇不到像你一样出色的编辑了。”

荒木哽咽了，连忙咬紧双唇。和松本老师一起埋首书本和校样中的三十余载，恍若美妙的梦境。

“老师，真的非常感谢！”

编新辞典的计划才进行到途中就不得不离开出版社，心中充满遗憾。辞典可说是荒木的一切。

同时，荒木也感到心中萌生了新的使命感，就在看到松本老师的表情——充满亲近和不舍，以及对前途的担忧——的那一瞬间。

我一直以为，作为辞典编辑部的一员，完成我们期望已久的新辞典才是我的应尽之责。其实不然。我应该做的，是找到和我一样，不，找到比我更深爱辞典的人才。

为了老师。为了使用日语、学习日语的人们。最重要的，是为了辞典这种宝贵的书籍。

为了完成最后一件大事，荒木热情高涨地回到了出版社。

荒木立即展开行动，向各编辑部门询问有无合适的人才，但结果并不乐观。

“这群家伙，一个个都只顾着眼前利益！”

由于不景气，无论哪个部门都笼罩在紧迫感之中。荒木得到的回音千篇一律——若是能确保广告收益的杂志，或是内容不需要花钱专门取材的单行本，人人都愿意参与编辑工作。而一听说是辞典编辑部，便纷纷推说没有可以调派的人才。

“辞典这种商品，一来形象庄重体面，二来很少受到经济景气的影响。为什么大家都没有心存大志、放眼未来的气魄呢？”

“这也无可奈何啊！”从书架之间现身的西冈，回应了荒木的自言自语，“编辞典需要花费大量的资金和大把的时间嘛。不管哪个时代，人们的首选都是能迅速赚钱的工作。”

正如西冈所说，玄武书房的辞典编辑部遭受不景气的直接打击，预算和人手都被削减了不少，新辞典的企划也迟迟无法通过。

荒木翻开常备于办公桌上的《广辞苑》和《大辞林》。一边研究“大量”和“大把”的区别和用法，一边啧了啧舌。

“说得事不关己似的。都怪你靠不住，害我背上这么沉重的担子！”

“您说得是，真抱歉。”

“你呀，不适合编辞典，腿脚伶俐这点倒是适合去跑路取稿子。”

“荒木大哥，您这么说不要紧吗？”西冈坐在带脚轮的转椅上，用力一蹬地板，滑向荒木，“亏得我腿脚伶俐，才打探到了重要情报哦。”

“什么？”

“听说有个适合编辞典的人才。”

“在哪儿？！”

仿佛要捉弄从椅子上跳起来的荒木，西冈脸上浮现出笑容。尽管编辑部十分清静，他却故意压低声音说道：

“第一营业部，二十七岁。”

“蠢货！”荒木弹了下西冈的脑袋，“那不就是跟你同一批进出版社的吗？怎么不早说！”

“好过分啊，”西冈摸了摸头顶，连人带椅子退回自己的办公桌前，“不是同一批啦。那家伙是硕士毕业，这才工作第三年。”

“第一营业部对吧？”

“您现在去也没用，说不定他去书店跑业务不在社里呢。”

西冈话音未落，荒木便已经跑了出去。

辞典编辑部位于玄武书房副楼的二楼。副楼是木结构的古旧建筑物，天花板很高，地板已经变成了深沉的焦糖色。荒木的脚步声在昏暗的走廊里回荡。

荒木走下台阶，推开双开门，初夏的阳光明亮刺眼。放眼看去，只见八层高的主楼矗立在一片郁郁葱葱之中。荒木也顾不上挑有树荫庇护的地方走，径直朝主楼的入口奔去。

踏入位于一楼最里面的第一营业部，荒木这才意识到一个严重问题——糟糕！连这位关键的候选接班人叫什么名字、是男是女都不知道。期待太大反而操之过急了。

荒木在门口调整好呼吸，装出若无其事的样子环顾室内。幸运的是，营业部的人并没有倾巢出访，办公室里有六七个人，有的面向着桌上的电脑，有的正在打电话。硕士毕业、进入公司第三年的二十七岁会是哪一位呢？不凑巧，这几名男女看起来都在三十岁左右，叫人无从分辨。

第一营业部到底在搞什么名堂？年轻人不是应该早早出门走访书店跑业务吗？当然，我要找的那个人例外。

荒木在心中暗暗发着牢骚。这时，离他最近的女职员面带诧异地询问道：

“请问您找谁？”

她似乎误以为荒木是没有经过登记就闯进来的外来访客，边说边要领他到大楼入口处。三十七年间，荒木都待在副楼的辞典编辑部里，不少老员工也不认得他。

“啊，你误会了。”

荒木正打算告知事由，却突然打住了话头，他的目光被站在房间角落的男人吸引了。

男人背对着荒木，站在靠墙的储物架前，瘦瘦高高，头发乱蓬蓬的，作为营业部的一员未免过于随意。他的西装上衣脱在一边，卷起白衬衫的袖子，似乎正在整理储物架上的办公用品。

装着各种用品的箱子大小不一，而男人巧妙地调换着箱子的位置，把储物架摆放得整整齐齐、毫无空隙。就像眨眼间便将复杂的拼图一片片嵌入正确位置一样，他的手法令人惊叹。

哦！荒木连忙把险些脱口而出的欢呼吞咽下去。这正是编纂辞典所需要的重要才能之一啊！

当辞典的编纂工作进行到最终阶段时，总页数已经确定，为了不影响装订和价格，不允许变更页数。编辑必须在有限的时间内迅速判断如何将辞典的内容塞进规定的页数内，有时不得不忍痛割爱删减例句，有时需要妥当地精简释义。如此这般，井然有序地把内容编排进每一页。刚才的男人在储物架前展现出的拼图技巧，正是编辞典的必需技能。

就是他了！他正是辞典编辑部下任统帅的不二人选！

“请问，”荒木按捺住内心的激动，向站在旁边的女职员问道，“他是个怎样的人？”

“怎样的人？这……”

女职员露出警惕的神色。

“我是辞典编辑部的荒木，”荒木自报家门，“怎样？他是不是二十七岁，硕士毕业进出版社第三年？”

“我想应该是，您还是直接问本人吧。他是 majime。”

majime？认真[1]？荒木满意地点点头。认真是件好事。编辞典这种需要脚踏实地的工作，不认真的人终究无法胜任。

女职员朝着再度确认储物架摆放状况的男人提高嗓门喊道：

“majime，有客人找！”

都说了我不是客人，是辞典编辑部的人，真是个不开窍的姑娘。

荒木有些不悦。或许她口中的“客人”并不含“外来人”之意，单纯指“来访者”吧。他这样说服自己。

相较之下，男人被称呼为“认真”这点更成问题。到底要认真到什么地步，才会连绰号都叫“认真”呢？这里既不是一下课学生便迎着夕阳奔去的校园，也不是刑警们总穿着牛仔裤出勤的警察局。这里可是出版社——踏实的聚集地，尽管如此，却连绰号都叫“认真”，恐怕他的认真程度是航空母舰级的吧。

我可要谨慎地交涉才是，荒木愈发目不转睛地盯住男人。

听到女职员的呼声，男人转过头来，鼻梁上架着一副银边眼镜。他明明戴着眼镜，绰号却并非“四眼”而是“认真”……荒木心想，再次鼓足了干劲。这时，男人挪动细长的胳膊腿儿，一副笨拙的样子慢慢地走了过来。

“您好，我是majime。”

什、什么?！本人竟也自称“认真”！

荒木险些向后一个踉跄，好不容易稳住了脚跟。无论如何也

① “认真”在日语中的读音为“majime”。

要把这个男人挖到辞典编辑部的热情陡然冷却下来。

大言不惭地以“认真”自居，这种人实际上内心相当轻视“认真”，根本就没意识到认真是多么重要的美德。总之，不能把编纂辞典的工作托付给这种人。

见荒木一语不发地瞪着自己，男人露出不知所措的表情。他挠着乱蓬蓬的头发，突然想到了什么似的，从衬衫胸前的口袋里掏出了名片夹。

“请。”

男人微微欠身，双手递出名片。一举一动既缓慢又笨拙。

连对方来头都不清楚，不要轻易递名片啊！况且我可是同一家出版社的职员耶！荒木掩饰住失望和恼怒，看向男人的双手，修长的手指，指甲修剪得整齐而干净，手上的名片印着两行字：

股份制公司玄武书房　第一营业部

马缔　光也

“马缔（majime）……光也……”

“是，我是马缔，”马缔微笑道，“您一定误会了吧。”

“啊，抱歉，”荒木急忙从裤兜里掏出自己的名片，“我是辞典编辑部的荒木。”

马缔彬彬有礼地看着接过来的名片。透过银边眼镜，可以看到他清澈而稳重的双眸。他身上的白衬衫款式略显过时，似乎也不太讲究外表，但皮肤颇有弹性。他还年轻，年轻到还有几十年的时间可以奉献给辞典。

荒木心中忽然萌生了些许嫉妒，当然，他并没有显露出来。

“马缔真是很罕见的姓氏。你是哪儿人？”

“我出生在东京，但父母来自和歌山。据说在江户时代，当地把驿站叫作马缔。”

“帮旅行者照管马匹的地方，对吧？”

荒木找遍全身的口袋，发现没有带记事本，于是直接写在了马缔的名片上。

马缔：驿站的别称。《广辞苑》和《大辞林》均未收录。需确认《日本国语大辞典》。

虽然不及松本老师，但荒木也有即刻记录陌生词汇的习惯，稍后再去查阅编辑部的词例收集卡。如果没有相关记录，则有必要追加新卡，并注明出处（最好能找到这个词首次出现的文献）。

编辑部里积攒着数量庞大的词例收集卡，编辑辞典时，会反复讨论应该从这些卡片中选用哪些词条。虽然近来电子化日益普及，然而对于辞典编辑部而言，词例收集卡简直和心脏一样重要。所以早在社里提倡划分吸烟区和禁烟区之前，保管卡片的资料室就已经是绝对禁烟区域了。

看到荒木突然在名片上做笔记，马缔既不惊讶，也没有丝毫不愉快。

“我常常被人问起名字的由来，可这还是头一回有人写下来呢。”

马缔依旧保持着稳重的态度，饶有兴味地观察着荒木的手。

对了，我是来发掘人才的。被这个意料之外的名字吸引了注意力，一时间竟忘记了原本的目的。荒木清了清嗓子，把名片和笔揣进了胸前的口袋。

“如果让你解释一下‘右’，要怎么说明？”

马缔微微歪着脑袋，反问：

“您是指作为方向的‘右’呢，还是思想上的‘右’呢？”

“前者。”

“让我想想。”

马缔的头越偏越厉害，杂乱的头发也随之晃动起来。

“如果解释为‘握笔和拿筷子的手’，则忽略了左撇子。也不能解释为‘没有心脏的一侧’，因为据说有人的心脏是生在右边的。那么，‘面向北方的时候，东方所在的一侧’这个解释比较妥当吧。”

“嗯。那么，‘しま（shima）’这个词又怎么解释？”

“条纹、岛屿、志摩这个地名、‘旁门左道’和‘上下颠倒’里也包含这个读音，还有‘揣摩臆测’的揣摩、佛教用语‘四魔’……”

马缔一个接一个地列举出发音为“shima”的单词，荒木连忙打断了他。

“我指的是岛屿的岛。”

“我想想……‘周围被水所包围的陆地’吗？不，这个解释不够充分。比如江之岛，虽然有部分与陆地相连，依然被称作岛。既然如此……”

马缔歪着脑袋小声地自言自语。他早已把荒木晾在一边，忘我地思索着词汇的意义。

“解释为‘周围被水包围或被水隔离的小面积陆地’比较好吧？不对不对，这也不够全面，没有包含‘黑社会的地盘’这层意思。‘与周围区分开来的土地’这个解释如何呢？”

这真是了不得！马缔转眼间就编织出了“岛”字的含义。荒木不禁钦佩地注视着他。以前也问过西冈同样的问题，回答却糟糕透顶。对“shima”这个发音，西冈也只想到了“岛”，还解释成“漂浮在海上的东西”。听了这个回答，荒木又好气又好笑，怒斥道：“蠢货！照你这么说，鲸鱼的背和浮尸都是‘岛’吗！”西冈却只是嘿嘿地傻笑着说：“哎呀，是耶。好难哦，那该怎么解释才对啊？”

一脸认真、喃喃自语着的马缔，突然转身面向储物架。

“我去查下辞典。”

“不用了，不用了，”荒木一把拉住马缔的手，目不转睛地看着他说，“马缔，希望你能为《大渡海》注入力量。”

“《大都会》[①]吗？我明白了。”

马缔点了点头。下个瞬间，他突然扯开嗓门吼了起来：

“啊——啊——”

第一营业部所有人的目光都唰地集中过来，荒木也愣住了，直到马缔唱出“永——无——止境——”，方才反应过来——原来马缔误解成了水晶之王乐队[②]的名曲《大都会》，而且还严重五音不全。荒木急忙将马缔拖到走廊上。

“马缔，马缔！抱歉，不是这样的。”

“我唱得不对吗？”马缔收起歌声，一脸不安地说，“我不太清楚最近的流行歌曲，真是对不起。”

为什么会误解成我要他唱歌啊？虽然觉得马缔的思维方式有些难以理解，不过荒木还是决定先说正事。

“我说的《大渡海》是我们编辑部正要着手的新辞典，写作渡过海洋的‘渡海’二字。我想把这个工作托付给你。”

“是辞典吗？”

马缔瞪圆了眼睛，大张着嘴，整个人僵住了。所谓“像挨了弹弓子儿的鸽子一般”，就是指这样的表情吧。刚想到这里，荒木作为辞典编辑的联想力便发动起来。“对了，记得前几天读到一本书里讲，在木偶净琉璃中，大夫，即唱词人一字排开地坐在

① “大渡海”与“大都会”同音，均为 daitokai。

② Crystal King，于一九七一年成立的日本摇滚乐队，发行于一九七九年的出道单曲《大都会》创下一百五十万张的销售纪录。

地板上弹唱义大夫节[1]时，坐在末席的俗称为‘食豆人’。据说是因为末席的大夫嘴巴一张一合，就像是在吃豆子一样。是否有辞典收录这个词呢？得赶紧调查，然后讨论该不该收录进《大渡海》。”

其他职员带着诧异的表情，从各自陷入沉思的荒木和马缔身边经过。

过了一会儿，马缔总算回过神来。

“可是……啊，对不起，我一点半必须去涉谷的书店拜访。”

“啊，是这样。”

时钟显示着一点十五分。怎么赶都来不及了吧，不要紧吗？荒木不由得有些担心。马缔也看了看手表，笨拙地挪动手脚奔回第一营业部，从自己的办公桌上抓起西装外套和黑色公文包。

“真的非常抱歉！”

马缔朝站在走廊上的荒木鞠了一躬，顶着愈发凌乱的头发，向大楼入口跑去。还未跑出荒木的视野，就两次险些绊倒。

荒木暗自思忖，从种种意义上来说，这小伙子真的没问题吗？看马缔的反应，似乎把挖角理解成了“仅限今天去辞典编辑部帮忙”。

为什么会产生这样的误会，实在让人百思不得其解。

---

① 以弦乐器三味线伴奏的弹唱。于江户贞享年间，由大阪的竹本义太夫所创始，为净琉璃的流派之一。

荒木摇摇头，走上了主楼的电梯，打算去和营业部的负责人商量人员调动一事。

经过荒木百折不挠的交涉，出版社总算正式批准了《大渡海》的编纂计划。与此同时，马缔抱着装有办公用品的小纸箱，调动到了辞典编辑部。离荒木退休只剩下两个月，总算是赶上了。看到出现在辞典编辑部门口的马缔，荒木松了一大口气。

调走马缔这件事，根本无需花费口舌。营业部长甚至面露喜色地说："马缔？说起来是有这么个人。怎么，荒木你愿意帮我收下？"而执行董事问道："谁啊？"

原来如此！荒木总算明白过来。面对荒木真心诚意的游说，马缔却呆呆地没什么反应，大概是因为他根本没料到会有人认同自己的能力吧。马缔压根儿就没被算作营业部的一员，若不是荒木指名要挖走他，连直属上司都想不起他的存在。

马缔在营业部评价如此之低，个中缘由也不难想象。因为他实在是缺根筋，通常不会有人突然在公司里放声高歌《大都会》吧。

但这并不是马缔的错，只因为公司识才的眼光不够，安排工作时没有遵循适材适所的原则。

马缔对于词汇的感觉十分敏锐。而且搬出全部知识，一本正经地回应荒木的提问。虽然一板一眼过了头颇有些莫名其妙，但马缔的才能无疑是为编纂辞典而生。

西冈收到荒木用眼神下达的指示，起身迎接马缔。

“欢迎来到辞典编辑部，”西冈一把抢过纸箱子，带着马缔进入办公室，“我们这儿人手不足，所以空办公桌多得是，坐这儿行吗？”

马缔有些胆怯地环视书架林立的室内，然后走近西冈的邻桌，老老实实地点头说好。

“我说马缔，你有女朋友吗？”

西冈总觉得只要谈到恋爱的话题，就能拉近和他人的距离。荒木一言不发地坐在最里面的办公桌前，观察马缔的反应。

“没有。”

“那搞联谊吧！我来组织，把你的手机号码和邮箱地址告诉我。”

“我没手机。在营业部时用的那个已经还给公司了。”

“为什么？！”西冈的表情仿佛撞见了会行走的木乃伊一般，“你不想交女朋友吗？”

“说不好。女朋友也好手机也好，我从来没考虑过是否需要。”

看到西冈投来求助的目光，荒木强忍住笑意，保持着威严打圆场：

“马缔，今天六点钟在‘七宝园’给你开欢迎会，你准备一下。西冈，去把佐佐木叫来。”

松本老师已经坐在“七宝园”的红色圆桌前独酌起绍兴酒来

了。老师给自己定了量，每周只能喝一次酒，不超过两合[①]。即便酌酒之时，词例收集卡和铅笔也没离开过他的手。

荒木刚入座，就介绍起了辞典编辑部的成员。

“西冈呢，就是这家伙了。然后，这位是佐佐木，主要负责词例收集卡的整理和分类。”

被荒木叫到名字，四十出头的佐佐木面无表情地点头致意。虽然她看上去不够亲切，但业务能力极强，是辞典编辑部不可或缺的女性成员。她刚开始只是兼职，但现在不用带小孩了，便转为签约职员活跃在编辑部。

松本老师会怎样看待马缔呢？在引见二人的时候，荒木不由得有些紧张。松本老师脸上带着让人摸不清真意的微笑，向马缔微微颔首。

马缔拘谨地逐一向所有成员鞠躬。

干杯之后，菜肴陆续上桌。西冈原本就处世圆滑，迅速用小餐盘为松本老师盛好前菜，还十分周到地避开了老师不爱吃的皮蛋。那么，欢迎会主角马缔的表现如何呢？荒木把目光移向坐在松本老师左侧的马缔。他正往佐佐木的杯子里添啤酒，因为倒得太急，激起厚厚的气泡，溢了出来。

看来是相当努力，可惜不得要领。

荒木此刻的心境如同在照看幼儿园的小朋友。佐佐木似乎也

① 容量单位，一合约为一百八十毫升。

抱着同样的心情，依旧面无表情，却又落落大方地回敬了马缔一杯。

“马缔有些什么爱好呢？”

为了摸索建立友好关系的方法，西冈果断地把话题转向马缔。马缔赶紧吞下从嘴边滑出的木耳，思考了片刻。

“硬要说的话，就是观察乘坐自动扶梯的人吧。”

圆桌陷入了沉默之中。

“观察起来有趣吗？”

佐佐木淡淡地问道。

“是的，”马缔微微探出身子说道，“每次从电车下到月台，我都会特意放慢脚步，看着其他乘客快步从我身边走过，一窝蜂拥向自动扶梯。然而没有人推搡，也不会产生混乱，仿佛有人在暗中操纵一般，他们排成两列依次乘上扶梯。左列静止不动，右列供快速通行。那情景如此美好，几乎让人忘记了高峰期的拥挤。”

“虽然现在说迟了些，不过，这家伙还真是古怪。”西冈压低声音对荒木说。

荒木的视线越过西冈，与松本老师四目相对。老师点了点头。马缔想要表达的意思，荒木和松本老师都了然于心。

在拥挤的月台上，人们仿佛受到牵引一般，在自动扶梯前排队依次乘坐。就好像无数零散于各处的词汇，经过编辑之手，被分门别类、标注关联，最终井然有序地收录到辞典的每一页。

能够从中发现美感和喜悦的马缔，果然是为编辞典而生的。

必须趁现在告诉他！在这个想法的驱使下，荒木开口了：

“你知道为什么要给新辞典起名叫《大渡海》吗？”

马缔正像松鼠似的一粒一粒地嚼着下酒的花生。佐佐木用指尖轻敲圆桌，提醒他注意。马缔这才反应过来荒木提问的对象是自己，慌忙摇了摇头。

“辞典，是横渡词汇海洋的船，”荒木仿佛倾吐灵魂之声一般娓娓道来，“人们乘坐辞典这艘船，搜集漂浮在漆黑海面上的点点星光。只为了能用最恰当的措辞，准确地把自己的所思所想传达给他人。如果没有辞典，我们只能伫立在这片浩瀚的大海前，驻足不前。”

“我们要编纂最适于渡海的船，”松本老师平静地说，“荒木和我就是怀着这样的心愿为它命名的。”

现在托付给你——马缔仿佛听到了这句并未说出口的话语，他双手扶着圆桌，端正地坐好。

“请问预定收录几万个词条呢？《大渡海》有什么特色？愿闻其详。”

马缔的眼眸烁烁生辉。松本老师放下筷子，拿起铅笔；佐佐木从包里拿出大开本的记事簿，在桌上摊开；荒木更是鼓足了干劲，打算高谈阔论新辞典的构想。

“好了好了，在此之前，”西冈突然半路杀出，“这种时候应该先干杯才对！”

他一手为松本老师斟上绍兴酒，一手转动圆桌上的转盘。啤

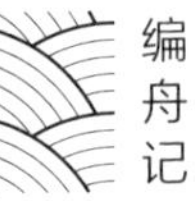

酒瓶随着转盘旋转一周，每个人的杯子里都添满了酒。

“那么，我就冒昧地领头祝酒了！”西冈举起了酒杯，“为我们辞典编辑部的启航，干杯！”

“干杯！”

笑声洋溢在席间。马缔也一脸开心地和松本老师轻轻碰杯。

荒木闭上眼睛在心中祈祷，拜托了，请造出一艘好船。一艘让人们能够长久安心乘坐的船；快被旅途的孤寂吞噬时，能像伙伴一样鼓舞我们前行的船。

相信你们一定能做到。

二

对着空无一人的房间，马缔光也说了声“我回来了”。

将沉重的包放在榻榻米上，打开木框窗户。

“窗外——流淌着——”

马缔习惯性地唱了起来。不过流淌在窗外的并非歌中所唱的神田川，而只是一条细细的水渠。后乐园游乐场的摩天轮浮现在黄昏的天空中。

筋疲力尽。

马缔顾不上开灯，瘫倒在六张榻榻米大的房间正中央。调职已经差不多三个月了，却仍未适应辞典编辑部。上班时间基本是朝九晚六，下班后也无需应酬。按理说比起在营业部的日子应该轻松很多，尽管如此却疲惫不堪。

今天，马缔特意绕了远路，从神保町的玄武书房换乘地铁回到自己位于春日的公寓。明明轻轻松松就能走到的距离，但他特别想看乘客们乘自动扶梯的情景。

可事与愿违，心情并没有因此明朗起来。或许是因为离下班高峰期还有些时间，映入眼帘的尽是老年人和主妇。果然，不是上班族就不够熟悉车站自动扶梯的运作节奏，人们磨磨蹭蹭、混乱无序，马缔追求的井然有序之美并没有出现。

突然，带着暖意的重量压上腹部，马缔抬头看了一眼，是阿虎。马缔回家后只要打开窗户，阿虎必定会跑来问候。

“得做晚饭了。”

什么材料都没有，也没力气去买。我倒是可以用方便面解决，可是阿虎呢……

“吃小鱼干好吗？”

马缔一边抚摸阿虎的头一边问。阿虎呼噜噜地震动着喉咙，用短而粗的尾巴拍打他的侧腹。蛮痛的，肚子也被压得难受。马缔心想，阿虎真的长大了啊。

马缔在位于春日的公寓“早云庄”住了将近十年。搬进来的时候还是刚上大学的新生，而如今四舍五入也有三十岁了。当年被雨水淋湿、叫得可怜巴巴的阿虎，现在也长成了体形丰满的虎斑猫。只有早云庄这幢木结构的两层建筑，历经岁月却毫无变化，静静地坐落在住宅区。或许它已经古旧得看不出变化了。

任凭阿虎坐在肚子上，马缔扯了一下日光灯的拉绳。为了躺着也能开关灯，他把拉绳的长度调到几乎碰着榻榻米，并给它命名为“懒人绳”。绳子的末端坠着只金色的铃铛。马缔轻轻摇铃，被铃铛吸引的阿虎总算离开了马缔的肚子，他趁机站了起来。

打量着一下子亮起来的室内，马缔叹了口气。仔细一看，的确是相当煞风景的房间。衣服和日用品都一股脑儿地塞在壁橱里，唯一的一件家具就是放在窗边的一张日式小书桌。

墙面都被书架遮盖住了，可即便如此，榻榻米上仍然到处堆积着塞不进书架的书，一部分已经雪崩似的坍塌下来。

其实，不仅马缔自己的房间，早云庄一楼所有的房间都被他的藏书占据了。

近年来，寄宿公寓没什么人气，屋子一间间空了出来，迅速得如同枫叶从枝头飘零。如今早云庄的房客只剩下马缔一人，于是，他趁机把书搬进了隔壁以及隔壁的邻室。最后，连房东阿竹婆婆也抵挡不住书的进攻，不得不从一楼楼梯旁的房间撤离，搬去二楼。

阿竹婆婆为人和善，十分爽快地搬到了二楼。

“多亏小光的书架抵着天花板，相当于给早云庄竖起好多柱子呢。就算地震也不用担心了。”

拜这些柱子的重量所赐，早云庄搞不好会连地基一起崩塌。可马缔也好阿竹婆婆也好，都是不拘小节的人。房东阿竹婆婆从不催讨房租，房客也稀里糊涂，于是马缔终究只交了一个房间的租金。

马缔用书攻占了一楼的每个房间，而二楼的所有房间则归阿竹婆婆使用。如此这般，两人在早云庄优哉游哉地过着日子。

如果说房间多多少少反映出主人的内心，那我就是空有词汇却不懂运用、积着厚厚灰尘的乏味之人。

马缔从壁橱里拿出一包酱油味的“扎晃一番”[①]方便面。在附近折扣店整箱贩卖的这种方便面，虽说价格低廉，但难掩山寨感。食用说明的日语也写得莫名其妙：五百升水达到沸点；将面块投入其中并搅散；搭配鸡蛋、葱、火腿等食材口感更佳。再怎么说五百升水也太多了。不过，马缔相当中意字里行间流露出的认真劲儿，最近常吃“扎晃一番”。

拎着方便面，打开合不严实的门，马缔向公用厨房走去。阿虎也尾随过来。每走一步，老旧的木地板都会像木船底部一样吱嘎作响。

马缔正在洗碗台下方的橱柜里翻找给阿虎的小鱼干，忽然从二楼传来了呼声。

“小光，你回来啦？”

“是，我刚回来。”

抬头望去，只见阿竹婆婆从二楼的走廊探出身子，看着一楼的厨房。

“今天炖菜做得太多了。我刚好要吃晚饭，不介意的话小光也一起来吧。”

---

① 日本知名方便面品牌“札幌一番”的山寨产品。

“谢谢！那我就恭敬不如从命了。”

马缔双手拎着方便面和装小鱼干的袋子，拾阶而上。阿虎也跟了上去。

走上楼梯，旁边就是阿竹婆婆的起居室，约六张榻榻米大小。隔壁是卧室，卧室隔壁的房间作为客房使用。虽有客房，但因为鲜少有人前来拜访阿竹婆婆，那里便成了储物间。

每层楼都设有厕所，但由于共用的厨房、浴室和洗衣房都在一楼，所以二楼的格局小巧紧凑。取而代之的是在窗外延展开来的晾衣台，视野十分开阔。本来称之为“阳台”或“露台”即可，但这个木造的平台寒碜得连油漆也没上，就像是装上了扶手的木条踏板，无论怎样贴金也只能叫作晾衣台。

“打扰了！”

脱掉拖鞋，走进阿竹婆婆的起居室，马缔不由得顿住了。透过窗户，他看到晾衣台上装饰着芒草和糯米团子。

原来如此，今天是中秋赏月之夜。我还在为工作环境的变化而不知所措之时，季节却马不停蹄地更迭着。

阿虎从马缔手里吃了几条小鱼干，朝着尚未露脸的满月叫了一声。马缔把窗户打开一条缝，阿虎哧溜一下就钻去了晾衣台。

在阿竹婆婆的催促之下，马缔跪坐在矮餐桌前。桌上摆着凉拌菠菜、鸡肉炖芋头和腌黄瓜等菜肴。

“还有这个哟，”阿竹婆婆拿出在肉店买的可乐饼摆在餐桌上，“年轻人光吃炖菜肯定不够吧。”

她边说边从垫着报纸的锅里盛了一碗豆腐味噌汤，顺手还盛了满满一碗米饭给马缔。汤和米饭都热气腾腾，看得出阿竹婆婆是特意配合马缔回家的时间做好晚饭，然后若无其事地发出邀请。

“我开动了！”

马缔低下头，专注地把菜肴收入腹中，阿竹婆婆也一语不发。

“我看起来很沮丧吗？”

马缔嚼完一口腌黄瓜，问道。

“很明显呢，”阿竹婆婆啜了一口味噌汤说，“工作很辛苦吗？”

“需要定夺的事情太多，我的脑袋都快裂开了。”

“哎呀呀，脑子好使不是小光唯一的长处吗？”

好过分……虽然心里有些受伤，不过，除了学习和思考以外，马缔的确没什么别的能耐。

“问题就在于只有脑子好使这点，”马缔凝视着灯光映照下的饭粒，“在营业部，工作都是规定好的，基本上就是去书店跑业务。应该完成的目标十分明确，只要努力就可以，说轻松也确实算轻松。但是，编辞典靠单打独斗是行不通的，必须群策群力、分工合作才行。”

“这有什么问题啊？”

“我虽然擅长思考，但无法把自己的想法传达给别人。说实话，我还没融入辞典编辑部。”

阿竹婆婆哭笑不得地摇了摇头。

“小光啊，你什么时候融入过周围呢？成天只是埋头读书，从来都没带过朋友或女朋友到家里来玩，不是吗？”

“因为没有啊。”

“既然如此，事到如今还烦恼什么呢？”

说来也是，为什么呢？

一直以来，马缔都被视为“怪人”。无论是在学生时代还是置身出版社，他总是被孤立在只能远观的边缘。偶尔有人出于友善的好奇心主动上来攀谈，但最后总是干笑着匆匆逃开。或许是因为马缔的回应让人摸不着头脑，尽管他一本正经、真心诚意地应对，却始终无法传达给对方。

饱尝挫败感之后，马缔一头扎进了书本里。无论多么不善言辞，只要对象是书，他便能平心定气，安静而深入地与书本对话。另一个好处是，下课时间只要翻开书，同学便不会冒失地跑来搭话。

因为沉浸于阅读，马缔的成绩突飞猛进。他对传达心声的手段——“词汇”产生了兴趣，大学时选择了语言专业。

可是，无论他掌握了多少词汇，也只是作为知识，苦于表达这点还是毫无长进。虽然心中颇感落寞，却也无可奈何。马缔早已认清这一事实，也差不多接受了现状，可是调动到辞典编辑部之后，内心却萌生了期待。

“小光是想和同事们更亲近吧。想跟大家齐心协力，一起编出好辞典，对吧？”

听阿竹婆婆这么一说，马缔惊讶地抬起头来。

想要说出心声，想和大家心灵相通。

马缔总算意识到，正是这样的情绪在自己心中卷起层层旋涡。

“您为什么会知道呢？难道我自言自语说出口了？”

“这个嘛，因为小光和我像‘呲和咔’[①]一样心有灵犀一点通啦！”阿竹婆婆挤压着热水瓶顶上的活塞，往茶壶里注入开水，“不过话说回来，你都一把年纪了，竟然还为这种小孩儿的事烦恼。小光你呀，真是光长脑袋的糊涂蛋。”

太难为情了。马缔再次沉默，把可乐饼一扫而光。他一边大快朵颐，一边寻思，为什么用“呲和咔”来形容“了解彼此的心思”之意呢？虽然曾经在书里读到过这个词的词源，但并无确凿证据。除非有明确定论，否则辞典最好避免涉及词源。因为词汇诞生于使用者之间，不知产生于何时，亦不知出于谁人之口。

即便如此还是让人耿耿于怀。为什么不用“喊一声‘喂’就想到茶[②]”或“一说‘喏’便想起姆咪[③]”来表达，而一定要用“一说呲就回应咔”？“呲”和“咔”到底指什么呢？难道是取自仙鹤报恩中，仙鹤化身的女孩向着天空鸣叫以及乌鸦回应的声音吗？

“只要拜托小光，就会帮我换灯泡不是吗？”

---

① つうかあ（tsuukaa），意为一唱一和，心灵相通。关于词源众说纷纭，一说呲（つう）指仙鹤的鸣声，咔（かあ）为乌鸦的叫声。

② “お～いお茶”（喂～茶），日本饮料制造公司伊藤园推出的绿茶饮料。

③ “ねえムーミン”（喏～姆咪），芬兰童话《姆咪谷的伙伴们》动画版片头曲的第一句，是日本人耳熟能详的歌曲。

“当然了。”

被阿竹婆婆的声音拉回现实，马缔急忙四下打量。哪个灯泡坏了？马缔特别注意照明，尽量在阿竹婆婆开口拜托之前，一发现有坏的就随即更换。难道是看漏了？

“我邀你一起吃饭，你也不会客气推辞，”阿竹婆婆注视着茶杯里升起的薄薄蒸气，“依我看啊，像这样你依靠我、我依靠你就对了。不光是对我，跟同事之间也一样。”

马缔恍然大悟，原来并非真有灯泡坏掉，而是阿竹婆婆在担心我，为我打气。

“感谢款待。”

保持着跪坐的姿势吃完晚饭，马缔低头道谢。作为答礼，他把刚才带过来的“扎晃一番”双手呈上。

马缔揽下收拾碗筷的活儿，到一楼的厨房刷洗餐具。阿竹婆婆在公用浴室洗完澡，早早撤回了卧室。

马缔总是在上班之前淋浴。他决定今晚不再考虑辞典和人际关系问题，早早休息。

他给阿虎专用的小碗注入新鲜的清水，在猫粮盆里盛满小鱼干和鲣鱼末，并排放在厨房的地板上。阿虎在早云庄只吃一丁点儿当作零食，阿竹婆婆常说“它一定在别人家吃过猫粮了”，但马缔总想象着阿虎自力更生捕食的情景。尽管体形丰满，阿虎可是捕猎能手。他曾经好几次看到阿虎一脸自豪地叼着麻雀或蜻蜓，慢步走在水渠的边缘。

马缔在自己房里铺好被窝，朝着窗外轻声唤道："阿虎。"等了一会儿，阿虎却没有现身。平常晚上阿虎都会在马缔的脚边蜷成一团睡觉，今天是怎么了？

钻进被窝，马缔拉了一下懒人绳。他睁眼仰望着天花板，心想阿虎会来吧。窗户留着窄窄的空隙。

在黑暗之中凝神谛听，水渠的声响听起来仿佛清澈小溪的潺潺水声。夜风拂走云朵，月光把树叶的影子投映到窗户上。

正在这时，传来了疑似阿虎的叫声。那声音略为低沉，说不清是在恫吓还是在撒娇。

皎洁的月光洒进室内，马缔坐起身来，侧耳聆听。果然是阿虎的声音。它在哪儿？在干什么呢？

马缔有些担心，钻出被窝戴上眼镜。空气冷飕飕的，已经不能称为凉爽了。拿起扔在书堆上的袜子，微微一嗅，确定没有发臭之后套上脚。

他从窗户向水渠窥探。意外的是，阿虎的声音是从头上——晾衣台方向传来的。

对啦，一定是阿竹婆婆睡觉时关了窗户。这也难怪，今晚特别寒冷。

为了解救阿虎，马缔走上楼梯。二楼的走廊一片昏暗。从卧室传来阿竹婆婆的鼾声，回响在走廊上。她似乎完全没有听到阿虎微弱的叫声。

擅闯女性的卧室实在不成体统。好在二楼的房间都和窗外的晾衣台相通，不必特意去摇醒阿竹婆婆。

马缔打开了刚才吃饭的起居室大门。早云庄已不再是寄宿公寓，马缔和阿竹婆婆也懒得给房间逐一上锁。

“打扰了。”

尽管如此，马缔还是打了声招呼才进入起居室。在月光的照耀下，室内比想象中明亮得多。他没开灯，径直走向窗边。

晾衣台上的芒草和糯米团子都已经不见踪影。

是阿竹婆婆收起来了？还是被阿虎吃掉了？马缔满心疑问地打开了窗户，阿虎的声音越来越清晰。

“好了好了，别叫那么大声，”马缔跨过齐腰高的窗框，走到晾衣台上，“我来接你啦。”

马缔转身面向卧室和客房一方，正要开口呼唤阿虎。

芒草和糯米团子映入眼帘，不知为何被移到了客房的窗前。再定睛一看，晾衣台上站着一个年轻女孩，正抱着阿虎。

“呜咕！”

由于惊吓过度，马缔的喉咙发出了奇怪的声响。仰望着满月的女孩缓缓地回头看向马缔，她的侧脸十分清丽，从正面看更是眉清目秀。马缔呆住了，心中不合时宜地感叹着。不知道被施了什么魔法，他的肌肉和心脏都僵硬得不听使唤。

齐肩的黑发随风飘扬，女孩微笑着说：

“呵，你来接我啦，真开心。”

爽朗而略带顽皮的措辞，总觉得有些熟悉。

难不成阿竹婆婆沐浴月光之后返老还童了？

自古至今、国内国外与月亮相关的变身传说以及奇人异事在脑海里盘旋，马缔踉踉跄跄地走到窗边，窥视卧室。只见阿竹婆婆大张着嘴睡得正酣。

那，眼前这位又是谁？

阿虎扭动身子，从女孩的怀里挣脱，然后走向一屁股呆坐在地上的马缔，用身子蹭了蹭他的小腿。

“真可爱，叫什么名字？”

“majime。”

“猫咪叫‘认真’？真奇怪。”

“不，马缔是我，猫叫阿虎。”

除非是戴着“自家宝贝心头肉”这副伟大有色眼镜的母亲，换作别人怎么可能会说我可爱呢？马缔自作多情会错了意，不由羞得满脸通红。但女孩似乎没搞清状况，一脸困惑地歪着头。

马缔急忙趁机发问：

“请问你是哪位？”

“我叫香具矢[①]，今天刚到这里，请多关照。”

马缔仰望着女孩，她背后浮现着一轮又大又圆的月亮。

---

① 读音为 kaguya（かぐや），与日本最早的物语文学《竹取物语》中从月亮上下凡的“辉夜”公主名字同音。

“马缔，你发什么呆呢？”

被西冈戳了戳后背，马缔慌忙收回浮游的思绪。一旦掉以轻心，马缔的魂儿便会伴随着一声轻呼“香具矢……”从嘴边漏出来。

西冈压根儿不理会马缔的动摇，从旁边窥视着他的办公桌。

“你在查什么？”

马缔感觉无法融入辞典编辑部，最大的原因就在于西冈。西冈说话的节奏、跟人打交道时在身体和心理上保持距离的方式、工作的准确度，无论哪一项都超出了马缔的理解范畴，每当和西冈接触，他就不由得畏缩起来。

“也没特别查什么……”

“恋爱！”

眼尖的西冈将马缔正在查阅的词条高声宣读出来。

【恋爱】指对特定的异性产生特别的爱慕之情，并因此置身于跌宕起伏的情绪中。心情激昂，渴望两人独处，分享精神上的一体感，若有可能也希望与对方身体结合，但往往难以如愿，令人郁郁寡欢；极少情况下愿望得以实现，则令人欣喜若狂。

“哦！这个我知道，这是《新明解国语辞典》对吧？”

“对，是第五版。”

“因为独特的释义趣味十足而出名……然后呢？”

“啥？”

“别打马虎眼儿了，马缔！”西冈连人带椅靠了过来，把手搭在马缔肩上，“你恋爱了，是不是？”

“不，我只是在想……”

被西冈一摇晃，眼镜滑落了下来。马缔将眼镜重新扶回到鼻梁上，继续说道：“这个解释的确独具一格，不过把恋爱对象限定为‘特定的异性’，是否妥当呢？”

西冈把手从马缔身上抽开，连人带椅回到自己桌前。

“……马缔啊，莫非你是那个圈子的人？”

那个圈子，到底指什么呢？

马缔心不在焉地听着西冈的疑问，一边翻开手边的几种辞典查阅起来。这些辞典无一例外地收录了“恋爱”这个词条，但都解释为男女之间的感情。鉴于实际情况，这些表述都有失准确。

他在“恋爱”一词的词例收集卡上画了◎，表示“辞典必须收录的重点词汇”，并在备注栏里特别标注：“仅限于男女之间吗？需参考外文辞典。”

直到这时，西冈提问的真意才慢慢渗透到马缔的大脑中。

“不，我想我不是，大概。”

“大概？干吗说得模棱两可。”

“迄今为止，我希望能在精神上和肉体上合二为一的对象都是异性。不过，我还从未体验过‘因愿望得以实现而欣喜若狂’

的状态，照这个意义来讲，我尚未参透恋爱，所以才保守地用了‘大概’二字。”

西冈沉默了几秒后大叫起来。

“原来你是处男！”

恰巧迈入编辑部的佐佐木以冷得结冰的视线和声音提醒道：

“松本老师和荒木来了。”

现在，辞典编辑部每周都要围绕《大渡海》的编辑方针召开一次会议。

《大渡海》预计收录约二十三万个词条，是与《广辞苑》及《大辞林》同等规模的中型国语辞典。因为《大渡海》启航较晚，想要得到读者的青睐须得下一番功夫。

“我们要想出更加契合现代感觉的释义。”

松本老师常把这句话挂在嘴边。

已经退休离开玄武书房的荒木，现在作为辞典编辑部的特聘顾问，每周都来参加会议。

“还要尽可能收录谚语和术语、专有名词，让这本辞典能够作为百科全书使用。”

为了回应松本老师和荒木的要求，马缔夜以继日地核对词例收集卡。

首先，找出现存的辞典中必然收录的词汇，在对应的词例收集卡上标记◎。这些是日语里最基本的词汇。

只收录在小型辞典里的词汇标记○，中型辞典收录的词汇则标上△。

像这样给卡片标注记号，便能作为标准，判断一个单词是否应该收入《大渡海》。若非有特殊理由，否则标有双重圆圈的单词绝不能排除在收录词条之外。带三角的单词是否收录则视实际情况而定。

当然，以现有辞典为对象所做的统计只作为参考，最终还是遵循《大渡海》编辑方针，由编辑人员来选定词条。搜集古语、新词、外来语、术语等各种词汇，再一一甄别取舍。

马缔和佐佐木分工合作，比对词例收集卡和现有的数种辞典。由于长时间持续翻页，指纹几乎被磨平，甚至连东西都抓不稳。当他们忙得不可开交的时候，西冈又在做什么呢？他要么在公司附近的咖啡厅偷懒，要么就跑去联谊。

“目前的问题是，”马缔环视着编辑部全体成员，说出了自己的看法，“《大渡海》的词例收集卡里，时尚方面的词汇极度匮乏。”

“啊，我也这么觉得，”西冈抱着胳膊，把椅子的靠背弄得吱嘎直响，“至少也该收录三大发布会才对嘛。”

“既然你想到了，为什么不写在词例收集卡上？”荒木训斥道。

“都怪我对这方面一窍不通……”

松本老师一脸愧疚地摆弄着绳状领带。

“不不，我不是指老师，我是说西冈那蠢货。”

马缔扫了一眼慌忙解释的荒木，提出疑问：

“说到三大收藏品[①]，一般指什么呢？邮票、相机……筷子套？不对，作为藏品，古董腰坠更为普遍吧？”

“当然是指巴黎、米兰、纽约这三大时装发布会啦！筷子套发布会是什么东西啊！马缔的思维真心是个谜。”

西冈的眼神仿佛在观察珍稀昆虫一般，但马缔并不介意，倒是被别的事情吸引了注意力。

刚才西冈把“真心”用作副词，来表达“当真”或“实在”的意思。这个用法很陌生，是当下的常用表达吗？

马缔立即为“真心”一词制作了新的词例收集卡。记录日填上今天，出处一栏暂且空着，然后在备注栏里写下“使用人：西冈”。

尽管会议正在进行，马缔却专心致志地写起了词例收集卡。佐佐木瞟了他一眼，叹了口气。

“我们得尽快列出时尚领域专家的名单，委托他们选定词条和撰写释义。”

“辞典很容易偏向男性的视点，”松本老师平静地说道，“因为编辑工作的中坚力量大多是处于事业巅峰期的男性，难免会出现

---

① 时装发布会和收藏品均为 collection（コレクション）一词。此处为马缔误解。

时尚和家庭生活相关用语薄弱的倾向。但今后的辞典不能安于现状。如果兴趣和关注领域都截然不同的男女老少能聚集在一起编辞典的话，就最为理想了。”

“这么说来，我们编辑部从来就没进过年轻女编辑呢，”荒木点头赞同，随即又慌忙补充，“当然，佐佐木还年轻得很。”

“不必多此一句，”一张扑克脸的佐佐木对荒木毫不领情，转头问道，“马缔，怎么样？本周还注意到其他的问题吗？”

马缔正要摇头，西冈突然举手打断了他。

“这家伙，是处男哦！”

全体成员的目光集中到马缔身上。

“是又怎么样！”沉默了一拍，额头上青筋直冒的荒木对着西冈怒喝一声，“难道处男会影响编辞典吗！”

荒木说罢便开始收拾起桌上的资料准备回家。见荒木怒火冲天地斥责西冈“狗嘴里吐不出象牙”，马缔不由得赔礼道歉起来。

“影响嘛……别说还真有，”早已习惯了被荒木训斥的西冈毫不畏缩，“马缔他呀，捧着本《新明解》查‘恋爱’的意思，还一本正经地沉思了大半天呢。呵呵呵。”

马缔心想就算自己陷入沉思，工作的进度也比西冈快多了，但如果此时出言反驳使得事态恶化，又有悖自己的本意。

“对不起。”

马缔再一次老老实实地道歉。

“你有意中人了吗？”

松本老师问。老师抱着看起来沉甸甸的黑色提包，包里面塞满了旧书。每次来玄武书房，老师都会顺道去神保町的古书店街走一遭，自掏腰包买下一堆新旧不一的初版小说。并非为了品味文学，而是为了寻找可以用作辞典例句的文章。编辞典非常重视词汇首次出现在文献中的时间。老师也因此养成了职业病，买小说时只看准初版。

“老师，您别把西冈的胡闹当真了。”

“荒木，你此言差矣。恋爱和交往可是至关重要的大事，尤其是对马缔这种情窦未开的青年而言。”

被形容为情窦未开，马缔羞得耳根发烫。虽然自己也承认没经验，但恋爱被摆上桌面成为议题，这还是头一回，马缔简直羞得无地自容。

松本老师也不理会蜷缩着背的马缔，继续说道：

“我们必须把自己的一切都奉献给辞典，时间也好，金钱也好，只保留生活所需的最低限度，剩下的全部倾注到辞典里。虽然我对家庭旅行、游乐场这类词汇再熟悉不过，然而从未在现实中体验过。所以啊，对方是否能够理解这样的生活方式，可是至关重要的大事。”

众人满以为松本老师要大谈特谈恋爱于人生的重要性，颂扬恋爱的光辉，然而洗耳恭听下来却大失所望，同时也暗自惊愕道：“不愧是松本老师，竟然以是否影响编辑辞典为基准来衡量恋爱。”不由得对老师又敬重又畏惧。

“老师，莫非您没去过迪士尼乐园？”

“倒是久闻大名，但对我而言犹如梦幻。”

“您说笑吧？您孙子不会死缠烂打要去玩？”

见西冈和松本老师在一旁聊得起劲儿，佐佐木转向马缔。

“你对象是怎样的人？”

“谈不上对象啦，我们又没交往，”马缔拼命摇头否认，却经不住佐佐木的眼神攻击，又追加了一句，“她名叫林香具矢，前几天刚搬进公寓，是房东的孙女。”

仅仅是说出香具矢三个字，集中在耳垂的热量便迅速扩散到马缔的两颊。

“已经住在同一屋檐下了啊！”西冈兴味盎然地加入了对话，“喂，这可是充满诱惑的状况啊！马缔，你可要拉住理性的缰绳哦！”

“你才需要，蠢货！”荒木掸了下西冈的头，继续追问，“然后呢？”

在荒木的视线攻势下马缔再次一败涂地，如同喷水的鱼尾狮一般，将自己知道的情报一一道出。

“跟我同龄，二十七岁。房东阿竹婆婆年事已高，香具矢放心不下，所以搬来一起住。据说之前一直在京都做学徒。”

“学徒？做什么的？”

“日本料理的师傅。”

“马缔你果然是同……”

这回马缔不等西冈说完就猜到了他的意思，立刻补充道：

“香具矢是女性厨师。”

“店名叫什么？”

佐佐木在电脑前坐下，打开了检索页面。

“记得是在汤岛，叫‘梅实’。”

佐佐木在键盘上敲打了几下，然后拿起电话，简短地应对了几句。

“我用荒木的名义预约了四人用餐。我得回家做饭，就先行告辞了。”

将打印好的地图塞给马缔，佐佐木快步走出了辞典编辑部。

“工作迅速周到，无懈可击！佐佐木真是一如既往的出色。”

荒木一脸满足地点头道。

“不会很贵吧？”

西冈打开钱包看了看。

松本老师笑容满面地催促道：“那我们就赶紧去见见马缔的意中人吧。”

面对急转直下的事态，马缔手足无措，呆呆地拿起老师沉甸甸的包。

“梅实”的门面窄小，入口垂挂着洁净的白色布帘。布帘的边缘用蓝色染印着三颗梅子的图案。

“欢迎光临！”一拉开格子门便传来洪亮的声音，主厨模样的老头和三十出头的男性厨师站在吧台内侧招呼着。

进门右手边的原木吧台设有八个座位；左边是可供四人围坐的餐桌，共三席；最里面特别加高了地板，设计成日式包间。简洁利落的空间充满活力，几乎座无虚席。

端着空托盘的香具矢从日式包间走了出来，资历最浅的香具矢似乎还身兼服务生。厨师打扮的她在马缔眼中简直光彩夺目，纯白上衣加上纯白围裙，头发在脑后扎成一束，头戴一顶小巧的白色厨帽。

“欢迎光临！”

香具矢疾步走向站在门口的马缔一行。领头的荒木代众人应答道：

“我是刚才打电话预约的荒木。”

“感谢您的预约。……哎呀，小光！”注意到站在荒木背后的马缔，香具矢的笑容更加灿烂了，“你来捧场啦。这几位是公司的同事吗？”

“是的，辞典编辑部的同事。”

“这边请。”

香具矢将四人带到最里面的餐桌。一干人用热乎乎的湿巾擦了手，翻看起菜单。菜单以和纸制成，菜品均用毛笔手写。价格不算贵，种类也很丰富，从工序复杂的料理到诸如炖菜一类的家常菜，一应俱全。

点好菜，大家先喝了口啤酒润嗓，荒木首先开了口。

“这可让人大吃一惊啊！”

“真是个标致的姑娘，马缔还真有两下子嘛。”

松本老师也边吃着开胃菜——浇汁蟹味菇拌炸豆腐，边点头赞同。

“她居然叫你小光！”

西冈一脸微妙的表情，不知是在笑还是在气恼。

“因为房东阿竹婆婆这么叫我，她只是跟着学而已。”

心神不宁的马缔尽量装作不经意的样子——虽然大家都看得一清二楚——瞄向吧台，只见香具矢一脸专注地凝视着主厨做着料理的手。前辈模样的师傅时不时地吩咐一些活儿，她应一声“是”，手脚麻利地行动着。这位前辈模样的师傅，也是个长相十分端正的男人。

结束了一天的工作直到现在，马缔突然想起整理自己的一头乱发——本来就是自然卷，加上睡觉时留下了压痕。可惜手上的湿巾早已没了温度，马缔只好放弃整理头发，将湿巾放回桌上。总觉得空气像年糕似的从胸口堵塞到喉咙，连美味的料理也难以下咽了。

香具矢丝毫没注意到马缔的不自然。或许因为马缔平常就古里古怪，如今也没什么好在意的。她一盘接一盘地端来料理，在桌子上摆好，有生鱼片拼盘、炖菜、炙烤自制味噌腌渍过的宫崎牛肉。每次来上菜的时候，她都留意着是否需要追加餐碟或饮料，十分周到却又不打扰客人。

“我听马缔说了，你是香具矢小姐吧？真是个好名字。”

西冈微微倾斜着脸庞，抬头看向香具矢。这似乎是他最有自信的角度。

“承蒙夸奖。我倒是觉得这名字像飙车族留在墙上的涂鸦似的[1]，一直不太中意。”

“才没那回事呢！香具矢，这名字和美丽的你简直是绝配。”

西冈像唱歌似的堆砌着赞美之辞，话音刚落，马缔的小腿就被猛踢了几下，痛得呻吟起来。荒木隔着桌子对西冈怒目相向，那表情似乎在说：“别在那儿肉麻！”看样子荒木本想踹西冈，谁料却踹到了邻座的马缔。

“只不过是生在满月之夜而已。”

香具矢不冷不热地应付西冈，然而西冈并不就此罢休。

“哦！连月亮都来祝福你的诞生。”

马缔的小腿再一次遭受重击，又没法直说“这是我的脚”，只得咬紧牙关默默承受。

四人将料理一扫而光，带着几分醉意走出了店门。临近冬季的空气冷飕飕的，而此时此刻，大家都对此毫不在意。

“味道真不错，下次佐佐木也能一起来就好了。”

“老师要是中意，那今后开完会的聚餐都定在‘梅实’吧。”

---

① 飙车族喜欢将假名写成读音相同或相近的汉字。例如，将“请多关照（yoroshiku）”写作谐音的“夜露死苦”等。

松本老师和荒木和乐融融地谈笑起来。

“不会吧！又不能报销，我的钱包可受不了，”西冈提出了异议，“和‘七宝园’轮着吃怎么样？”

漫步在夜晚的街道上，四人的影子拖得老长。原以为是月光勾勒出了影子，马缔抬头仰望夜空，却不见那个明亮的天体，只有低垂的灰云在街灯的映照下反射出淡淡的光。

被荒木晾在一边的西冈与马缔并肩而行，若有所思地长叹了一口气。

“我呀，觉得自己挺可怕的。”

“为什么？”

“香具矢不是一直盯着我看吗？我啊，总遇到这种情况。虽然对不起马缔，不过，谁叫我魅力无穷到连自己都心生畏惧呢。原谅我吧！”

走在前面的荒木回过头，带着半佩服半愕然的表情说：

“你还真是个乐天派啊。”

马缔也对西冈的这番话略感惊讶。原以为西冈在开玩笑，而从旁打量，却发现他脸上挂着洋洋自得的微笑。

这份自信究竟源于何处呢？就算香具矢真的多看了西冈几眼，也仅仅是因为他不断搭话的缘故。马缔倒觉得，碍于他客人的身份，香具矢才极力掩饰着窘迫的表情，尽量回应西冈对她的名字问长问短。

不过，西冈身着时髦的西装，外表潇洒又善于交际，看着他，马缔不禁又觉得，女孩子的确会喜欢像西冈这样的人吧，内心动摇起来。与其和我这样衣着土里土气、性格懦弱而且没什么存在感的人交往，还不如去抚摸可爱的阿虎呢。马缔暗暗揣度起香具矢的想法，径自陷入悲伤。对尚未习惯恋爱的马缔而言，像西冈那样对自身魅力深信不疑的境界，终究无法企及。

“西冈，你干脆搬去马缔住的寄宿公寓好了。”

松本老师笑容满面地提议。

“什么，要我搬到信玄庄?”

“是早云庄。”

西冈也不理会在一旁小声订正的马缔，继续回答:

“我才不要搬去破旧的寄宿公寓呢。”

“真遗憾。我还想天赐良机，这回能让漱石的名作《心》在现代复苏呢。”

“《心》?”西冈歪着头边走边想，“啊，国语教科书上的那篇小说呀。那封遗书又臭又长，真是笑掉大牙!”

“这就是你对《心》的感想吗?!”西冈的发言似乎又一次触怒了荒木，“你到底为什么进出版社啊?”

“谁知道呀，被录用了呗，我有什么办法，”西冈煞有介事地交叉起双臂继续说道，“本来吧，都打算要自杀了，正常人谁会写那么长篇累牍的遗书呢? 收到用包裹寄来的遗书，任谁都会吓得不轻吧。”

“不对，我记得遗书不是用包裹寄的，而是先用八开大小的和纸包好，并涂上浆糊封口，尺寸恰能揣进怀里，最后用挂号信寄出。”

马缔边说边打心底觉得奇怪。细细想来，小说中老师的遗书确实洋洋洒洒，那个厚度不是能用日本纸包住的，也没法揣进怀里。

“那年是谁在负责录用新人啊？真是的！”

虽然荒木忿忿不平，可是马缔并不认为西冈是个无可救药的同事。尽管不擅长需要耐性的工作，但他的思维相当灵活。比如刚才，他就很自然地指出《心》里面不合逻辑的地方。

说不定，比起像我这样除了埋头干活便没有其他能耐的人，像西冈那样具有自由奔放的思维和独特着眼点的人，更适合编纂辞典。

马缔心情一沉，几乎压得双脚都快陷进地面了。

尽管并无继续打击马缔之意，西冈还是抱着《心》的话题不放。

“为什么只要我搬去名字跟战国武将似的公寓，《心》的情景就能重现呢？”

“当然是因为西冈、香具矢和马缔的三角关系会在寄宿公寓这个舞台热烈上演的缘故啊。”

“情敌是马缔的话，根本就不堪一击嘛。”

西冈调侃道。松本老师却一脸认真地接过了话茬：

“即使熟知字面意思，倘若不曾实际陷入三角关系，终究无法彻底体会那种苦闷和烦恼。没有彻底把握的词汇，便不能给出准确的解释。对致力于编纂辞典的人而言，最重要的是永无止境的反复实践和思考。”

仅仅为了让马缔和西冈亲身体会三角关系，松本老师就企图将他们推入恋爱的泥沼。真不愧为辞典之鬼。马缔偷瞄着松本老师犹如枯木的背影，不由打了个寒战。老师那塞满了旧书的包，仿佛由阴暗浑浊的执念凝结而成一般。

“到底是松本老师！”西冈丝毫没有感受到那种类似于执念的模糊情感，“老师的意思是，为了辞典，凡事都要亲身体验吧。但照这么说，还是处男的马缔果然出师不利啊。马缔，加油！”

西冈自说自话地点头赞同，甚至极不负责地给马缔打起气来。

“可是，老师，”马缔犹豫片刻，还是决定提出疑问，“刚才老师说没去过游乐场，不用亲自实践吗？”

“我不喜欢嘈杂的地方，”松本老师满不在乎地回答，“不过，你们还年轻，又有体力，所以不管是恋爱还是游乐场，都尽情实践吧。”

也就是说，是代替松本老师去体验吗？

告别了要乘地铁回家的三人，马缔独自漫步走向位于春日的寄宿公寓。作为献给辞典的亲身体验，如果可能，最好是能俘获香具矢的芳心，一品恋爱的美酒。若是香具矢希望，我也愿意陪她去游乐场。毕竟后乐园游乐场和寄宿公寓就近在咫尺。

然而，与物理距离相反，对于马缔而言，游乐场仿佛沉睡在沙漠彼端的古代遗迹一般遥不可及。如何才能传达自己的心意并得到她的回应呢？首先，马缔连应该怎样邀她出去约会都毫无头绪。

每周一次的例行会议之后，轮番去“梅实”或“七宝园”聚餐已成了惯例。

在店里见过香具矢后，第二天，佐佐木特地从保管词例收集卡的资料室来到编辑部办公室，对趴在办公桌上的马缔说：

“那女孩可不容易追哦。”

“那女孩是指？”

“香具矢啊。马缔你得相当努力才行。”

“香具矢果然还是喜欢西冈那种类型吗？”

“西冈？”佐佐木嗤之以鼻，“如果真有中意他那一型的女孩，我倒想拜见一下。”

西冈似乎并没有自己吹嘘的那么受欢迎。那么，究竟怎样的类型才能受到女孩的青睐呢？马缔对恋爱的认识愈发混乱了。

“他太轻浮了，”佐佐木一句话就否定了不在场的西冈，“而且，比起西冈，香具矢的注意力都在主厨和前辈身上。”

“什么？”

马缔慌忙在脑中对比主厨严肃的面孔和前辈师傅干练的身姿。

“你是说香具矢喜欢那位前辈吗？”

“马缔啊……”

佐佐木投去充满怜悯的目光，接着叹了口气，摇了摇头。差点脱口而出“真是个不开窍的家伙”。

“我的意思是，香具矢现在一心都扑在工作上。既不妨碍香具矢的工作，又能巧妙地把握时机和她交谈，吸引她的注意力。这么高难度的事情，你能做得到吗？”

做不到。马缔低下头，收拾起散落在桌上的橡皮屑来。

佐佐木刚走出办公室，西冈恰好仔细地叠着手绢回到座位。见马缔揉着橡皮屑，西冈开口了：

“喂，现在可没闲工夫让你搓鼻屎！”

西冈一副不由分说的口气。马缔老老实实地把橡皮屑丢进垃圾筒，问道：

“出什么事了吗？”

“在主楼的厕所听到了传言。”

“副楼也有厕所，你还专门跑去主楼啊？”

“我是去上大号啦。我上大号的时候喜欢去不会遇到熟人的厕所慢慢解决。”

马缔略感意外，原来他竟有如此细腻的一面。西冈清了清嗓子，回到原先的话题上。

“我当时在单间里，听到外面有人说《大渡海》好像要被叫停了。”

“此话当真？！”

马缔惊讶地站了起来。

“我猜是营业部的人。不过等我从单间里出来的时候人已经走了，所以具体情况我也不清楚。马缔你没听到什么风声吗？”

“没有。”

还在营业部的时候，马缔没有亲近的同事，一直被视为累赘。即使《大渡海》在马缔毫不知情的情况下触到暗礁，也没人会热心地通风报信。

“编辞典得砸钱嘛，”西冈把椅子弄得吱嘎直响，瞪着天花板问，“马缔，你说怎么办？”

如何是好呢？马缔迅速开动脑筋。经过数次会议，已经有了进展，编辑方针也基本敲定。如果在这个时候计划受挫，实在无脸面对荒木和松本老师。

“西冈，拜托你打听下消息，到底叫停一事发展到什么阶段，是否还有交涉的余地。然后，我这边就把生米煮成熟饭好了。”

“你的意思是？”

“我跟各个领域的专家通好声气，请他们执笔辞典的文稿。”

“原来如此！”

明白了马缔的意思，西冈露出贪官恶吏般的坏笑。

委托外部专家撰稿，需要有几个阶段的事前准备。

首先，从词例收集卡中选定将要收录的词条，敲定编辑方针，并编写《撰稿要领》。

为编一本辞典，委托超过五十位专家撰稿的情况司空见惯。如果每个人都按自己的喜好来写，无法统一文体，花再多时间也不能汇总成一册。这时，就轮到《撰稿要领》登场了。所谓《撰稿要领》，就是用来规定一个词条应该“以多少字数，何种文体，将怎样的信息”包含进去，并举出具体范例的说明书，通常由辞典编辑部制作。

接下来，由编辑遵循《撰稿要领》制作“文稿范例”。这必须与担任主编的松本老师一边商谈一边编写。实际写出范例，并对照《撰稿要领》的指示，检查是否有欠妥或遗漏之处。

当然，范例只囊括了计划收录词条中极小的一部分，而且大多是不甚重要的基本词条。但为了让范本更好地发挥作用，必须包含多种类型，于是需要从不同词性的词汇中选出地名、人名、含有数字或附带插图的条目。通过整个编辑部共同撰写、讨论文稿范例，逐步打磨辞典的指向性与品质，做到精益求精。

文稿范例写好之后，便能大体上决定字体大小、排版方式及页面设计，还能大致计算出总页数、可收录词条数目以及定价。

一般只有进行到这个阶段才能对外委托撰稿，委托时需附上编辑部制作的《撰稿要领》和文稿范例。目前，《大渡海》的编纂工作才进行到着手制定《撰稿要领》这一步，按理说，现在对外委托专家撰稿还为时过早。

然而，马缔毅然决然地判断现阶段主动出击方为上策。

编纂辞典的世界出人意料地狭小，设有辞典编辑部的出版社也就那么几家。为了尚且薄弱的时尚领域，玄武书房辞典编辑部率先联系了专家，因此，“玄武书房好像在着手编新辞典”这一传言在其他出版社的辞典编辑之间流传开来。

既然如此，索性顺水推舟，让事情传开好了。马缔接连向各领域专家发出撰稿的委托，让出版社内外都清楚看到，玄武书房辞典编辑部可是动了真格。

虽然编辞典的确需要庞大的经费，但辞典是出版社的荣耀，也是财产。甚至有如此说法——只要编出值得信赖、深受大众喜爱的辞典，便能保持出版社的根基二十年不动摇。如果出版社不顾辞典编辑部的努力就下令中止，那么必定会招致负面传闻——"玄武书房的经营已经惨淡到如此地步了吗？""不，一定是光顾着眼前利益。"诸如此类。出版社自然会尽力避免陷入这样的事态。

"你还挺会耍手腕儿嘛。"

西冈打算立刻去主楼打探消息。正要迈出编辑部，他突然在门口回头补了一句："你就趁着这股劲儿，下先手为强吧，不用顾虑我哦。"

"什么？"

"当然是说香具矢啦。若是不耍点卑鄙手段，就凭你是敌不过我的。哈哈哈！"

或许西冈说得没错，不过他的自信究竟源于何处依然不得而知。

"这世上还真有如此乐观的人啊。"

满心佩服地目送西冈出门，马缔拿起听筒，准备向荒木和松本老师汇报这个十万火急的消息。

中止辞典的命令尚未下达。马缔等人决定用尽一切办法牵制出版社。

西冈和佐佐木为了确定执笔者并私下委托撰稿，四处打电话询问或是登门拜访。荒木一面照顾住院的夫人，一面忙着与出版社上层周旋。

马缔和松本老师则连日为精心打造《撰稿要领》而奋斗着。

定义并说明一个词汇，必将用到其他的词汇。每当思考起词汇，马缔的脑中便会浮现用木头搭建的东京塔——词与词之间相互补充、相互支撑，保持着绝妙的平衡，形成一座摇摇欲坠的塔。无论怎样对比现有的辞典，无论查阅多少资料，自认为抓住了词汇的瞬间，它却从马缔的指缝中溜走，瓦解成碎片，烟消云散。

马缔周末也窝在早云庄，思考着词汇的问题。他待在一楼最靠里用作书库的房间，把书满地摊开，绞尽脑汁地思索。

“怎样才能更清楚地区分‘上’和‘登’这两个词呢？”

“又是辞典的工作？难得的周日，真是辛苦。”

“嗯！”

香具矢带着阿虎走进房间，对着马缔蹲了下来。星期天是“梅实”的休息日，平常一大早就出门采购的香具矢，今天也是一副假日的休闲打扮。

厨师打扮自然是英姿飒爽，可牛仔裤配毛衣的休闲装也赏心悦目。马缔不禁心跳加速起来，这正是形容心情紧张的七“上”八下啊，他暗自思忖。能和她独处当然很开心，但心脏有些承受不了。

“这里灰挺多的……”

“打扰你了吗？”

阿虎绕过资料靠近马缔，仿佛给他鼓劲似的用尾巴拍打他的大腿。马缔慌忙回答：

“不，我不是那个意思。”

“如果有烹饪方面的书，我想借来看看。”

正如马缔只考虑着辞典的事儿，香具矢休息时也满脑子都想着工作。

话虽如此，香具矢却从不在早云庄下厨，说是至少在休息日里不想碰厨具。阿竹婆婆常常长吁短叹：“真拿这孩子没辙，照这样下去会嫁不出去的。”

虽然想尝尝香具矢亲手做的饭菜，却不敢抱有这种不知天高地厚的野心，于是，马缔总是身先士卒，主动煮好三人份的“扎晃一番”。香具矢似乎很中意“扎晃一番”那种垃圾食品的味道，吃得津津有味。每每想到自己做的饭菜进入香具矢的体内，化作她的血肉，马缔就不由得正襟危坐，向前探出身子凝视她用餐。

希望她不要厌恶这样的我。马缔在心中祈求着，起身走到书架前。不凑巧的是，没找到烹饪的书。

“目前只有这一本书看起来跟烹饪有关了。”

香具矢略带不满地盯着马缔递过来的书，书名是《菌类的世界》。封面是一张照片，生在潮湿地面的鲜红蘑菇。怎么看也不像可以食用的蘑菇。

“今后我会多收集一些烹饪的书。”

马缔诚惶诚恐地补充。

“我暂且就借这本，”香具矢哗啦哗啦地粗略翻阅了一下《菌类的世界》，夹在腋下站了起来，“天气真好。嗯，要不要去哪儿玩？”

“去哪儿呢？”

“就近吧，后乐园？”

突然加剧的心跳，几乎要把灵魂从身体里撞击出去。马缔心想，这便是所谓“登”天般的激动心情吧。

刹那间，马缔茅塞顿开，“上”和“登”两个词的区别一下子了然于心。原本飘浮在混沌中的词汇迅速聚集、凝结，不断地组合在一起，在马缔的脑中，“上”与“登”这两座塔以完美无缺的平衡向着天空优美地矗立而起。

同处一室的香具矢也好，去后乐园的邀约也好，都忘得一干二净，马缔只顾追随着飞速运转的思维。他抑制住内心的激动，自言自语着：“原来如此，原来如此！”

“上”的重点在于向上移动后所达到的顶点，与此相对，“登”则着重强调向上移动的过程。比如，我们常说“请上来喝杯茶吧”，却不会说“请登来喝茶”。因为在这句话中，重要的是“适宜喝茶的地点（即室内这一目的地）”，而非“从院子移动到家里的过程”。

再如，我们一般说“登山”，是指以山顶为目标迈开双足攀登的整个行动，而并非只重视达到山顶的瞬间，所以用“登”而不用“上”。

那么“登天般的激动心情”又如何解释呢？马缔反刍着刚才感受到的心境变化。如果形容为“上天般的激动心情”的确不够恰当，因为，我的心情现在仍在攀登的途中，并未真正达到。

“可是，形容情绪激昂时，我们也会说心情‘飞上云端’啊……”

为什么说“飞上云端”，而不用“飞登云端”来表达呢？马缔在书库的榻榻米上正襟危坐，双手抱怀。

这种时候，我们想强调的并非心情飞上了云端这个顶点，也非向高处攀升的过程，重点在于仿佛直冲云霄的心情本身。与平常相比，此刻的心情已经飘飘然升到了天上，所以，比起强调上升过程的“飞登云端”，“飞上云端”更为贴切。

马缔总算攻克了“上”和“登”的难题，一脸满足地放下交叉的双臂。这时他才注意到书库里已不见香具矢和阿虎的踪影，马缔急急忙忙地来到走廊，整个一楼鸦雀无声。

话说到一半自己就突然陷入沉默，或许惹得香具矢不高兴了。同去后乐园的邀约是不是也一笔勾销了呢？马缔赶紧爬楼梯上了二楼。

从阿竹婆婆的起居室传来香具矢的笑声，阿竹婆婆似乎在劝止哈哈大笑的香具矢。如果她们是在取笑我的木讷，该怎么办啊？马缔一反常态地在意起了面子，不禁陷入了自卑。对于坠入情网的马缔而言，被香具矢瞧不起乃是世上最悲惨的事。暂且不说这些，“木讷”的词源是什么呢？这个词用汉字表示为“朴念仁”，感觉像是大陆的人名，不过大概并非如此吧——马缔的脑海又闪过这样的念头。

马缔鼓足了勇气，打开阿竹婆婆的起居室大门。香具矢和阿竹婆婆正一边嚼着脆饼一边看电视。屏幕上播放着午间档人气综艺节目集锦。

“阿玉主持时那种拿捏适度的冷漠，简直太绝妙了！”

“你呀，吃那么多脆饼，该吃不下午饭了。”

香具矢和阿竹婆婆持续着牛头不对马嘴的对话，同时啜了口茶。虽然两人外貌不像，可一举一动却很同步，马缔呆呆地杵在门口，感慨着血缘关系的不可思议。看到香具矢是因为电视节目而发笑，马缔松了一口气。

香具矢终于察觉到动静，仰头朝着马缔露出了笑容。

“思考结束了？”

“是的，刚才真对不起。”

“嗯。那我们走吧？”

马缔大吃一惊。在香具矢心里，去后乐园的事还是进行式，而且她似乎一直在等马缔结束思考。由于事态完全出乎意料，马缔还没表现出欣喜整个人便呆住了。

香具矢也不管毫无反应的马缔，披上夹克，把钱包和手机塞进口袋。

“奶奶你也一起去吗？”

“去哪儿？”

“后乐园游乐场。”

阿竹婆婆交替打量了一下孙女和马缔，似乎想说什么。她摁了摁热水瓶顶上的活塞，往茶壶里添上热水。马缔像看救命稻草般地望着阿竹婆婆。

“哎呀，好痛！”

阿竹婆婆突然抱着肚子蜷缩起身体。香具矢吓了一跳，连忙搓揉阿竹婆婆的背。

“奶奶你怎么了？”

“老毛病，疝气又犯了。”

“奶奶你哪儿有这种老毛病？再说了，疝气是什么啊？”

“她是指肚子胀痛[①]吧，”马缔说罢蹲下身子想要搀扶阿竹婆婆，“您没事吧？”

阿竹婆婆朝着马缔闭上双眼。她原本是想眨眼示意，谁知用力过猛失败了。

“我稍稍躺一下就没事了。你们去后乐园吧。”

“可是……”

① 疝，俗称疝气，最初的意义为“腹痛”。

阿竹婆婆把犹豫不决的香具矢推向门口，那力道完全不像是旧病复发的人。

“没事没事，你们俩尽情去坐那些要么转圈圈、要么冲上天、要么突然坠落的玩意儿吧。”

阿竹婆婆用这些词汇形容游乐场的设施。她的描述让马缔觉得怪可疑的，但他还是用眼神道谢：“谢谢你，阿竹婆婆！”阿竹婆婆再一次朝着他闭上双眼。

于是，马缔和香具矢出发去后乐园。阿虎从被炉里探出脑袋叫了一声，仿佛在说加油。

星期天的游乐场热闹非凡，四处可见举家出行的游客和一对对情侣。超级英雄秀的开演广播回荡在园内，过山车的轰鸣从头顶掠过。

太阳还高高挂在天上。上一次来游乐场还是小学的时候，马缔忐忑不安地环顾四周。

“现在的过山车无论是规模还是翻转弧度都好夸张，挺吓人的。”

“奶奶她，是在顾虑我们吧。不觉得吗？”

牛头不对马嘴。马缔看向香具矢，香具矢也抬头看向马缔。她漆黑的眼眸中，饱含着坚定的意志和情感，烁烁生辉。马缔胸口渐渐苦闷起来，心里想着必须说点什么，然而无论在多厚的辞典里查找，也找不到合适的措辞。

“你想坐什么呢？”

马缔移开视线，问道。或许是察觉到了他的回避，马缔感觉香具矢轻声叹了口气。

“那个。”

香具矢指向旋转木马。虽然骑上色彩鲜艳的木马让马缔很难为情，但总比过山车好。过山车不断呼啸而下，惊叫声此起彼伏，吓得半死的马缔连忙点头赞同。

马缔和香具矢乘了三次旋转木马，当中的间歇便在园内随意漫步。尽管没怎么交谈，却完全不觉得尴尬，毋宁说心情平静如水。坐在长椅上，马缔偷偷打量香具矢的侧脸，她似乎也同样感受着内心的宁静。两人一边嚼着三明治，一边望着一对年幼的兄弟拽着父母的手向大蹦床走去。

“香具矢小姐有兄弟姐妹吗？”

“有个哥哥。已经结婚了，现在在福冈，是上班族。”

“我父母也因为工作调动去了福冈，住了很长时间了。”

“有兄弟姐妹吗？”

“没有，我是独子。一年能见一次父母就算不错了。”

“成人之后都这样吧。”

而后两人聊到各自的家人住在福冈哪个位置、去福冈该吃什么、哪家公司出的福冈特产明太子最美味，等等。可没过多久话题就聊尽了，两人又陷入沉默。

游乐设施运转的声音。令人分不清是惊叫还是欢呼的叫喊。

明快的音乐。

“我们去坐那个吧。”

香具矢轻轻抓住马缔的胳膊肘，拉着他走向巨大的摩天轮。虽然香具矢很快就放开了手，可是她纤纤玉指的触感以及轻柔的力道，却久久残留在马缔的胳膊肘上。

摩天轮是最新型，中间部分没有放射状的支柱，是个仅有边框的巨大圆环，看上去仿佛悬浮在半空中一样。

香具矢选择的全是缓慢移动的游乐设施，是因为她不喜欢刺激型游乐设施，还是顾虑到马缔害怕这类设施呢？马缔也猜不透。摩天轮没人排队，两人坐进小巧的座厢，望着窗外的天空渐渐开阔，街景在脚下延展开来。

“是谁发明了摩天轮呢？”香具矢望着窗外说道，“总觉得摩天轮坐起来很开心，却又带着一丝寂寞。”

马缔也恰有同感。明明一起待在如此狭小的空间里，不，正因为空间狭小，马缔才更加深切地感受到对方身上无法触碰、无法窥探的部分。尽管离开了地面两人独处，仍是他和她。即使看着相同的风景，呼吸相同的空气，也不会交融在一起。

“做厨师也时常会有和乘坐摩天轮一样的心情。”

香具矢在窗边架起胳膊肘，脸几乎要贴上玻璃。

“为什么呢？”

“无论做出多么美味的菜肴，只不过是在身体里转一圈又出来罢了。”

"的确如此。"

用摩天轮来比喻食物的摄取和排泄，她还真是与众不同。不过香具矢所说的空虚感和寂寞，与编纂辞典也有相通之处。

无论搜集多少词汇，并加以阐释和定义，辞典也没有真正意义上完成的一天。汇总成一本辞典的瞬间，词汇又以无法捕获的蠕动从字里行间溜走，变幻形态。仿佛在取笑参与编纂辞典的人们所付出的辛劳和热情，放肆地挑衅着："有本事再来抓我一次！"

马缔所能做的，仅仅是在词汇永不停息的运动及释放出的巨大能量中，准确地捕捉某个瞬间的状态，并用文字记录下来。

无论怎么进食，只要活着必然会有空腹的时刻。与此相同，无论怎样努力捕捉，词汇仿如不具实体，眨眼间便在虚空中烟消云散。

"即使如此，香具矢还是会选择做厨师吧？"

纵然饱足感不可能永久持续，但只要有人期望品尝美味菜肴，香具矢便会继续施展手艺。明知无人能编出完美无缺的辞典，但只要有人希望用词汇来传达心声，我就会竭尽全力完成这份工作。

"是啊，我还是会做同样的选择吧，"香具矢点点头说，"因为喜欢嘛。"

马缔凝望着渐渐染上黄昏色彩的天空，两人乘坐的小小座厢通过了最高点，开始向着地面徐徐下降。

马上就要回到原点。

"游乐场的设施里，我最喜欢摩天轮。"

虽说带着几分寂寥，它却也暗含着平静持续的能量。

“我也是。”

马缔和香具矢犹如共犯一般相视一笑。

“也就是说，你既没有表白，更没有吻她咯？你到底为了什么去游乐场啊！”

被邻座的西冈狠狠训斥了一顿，马缔对着办公桌痛苦呻吟起来。

不光西冈对马缔的温吞感到难以置信，今天早上，阿竹婆婆也朝着他长长地叹了一口气。

“你这么不开窍，我那么辛苦装旧病复发到底是为了什么啊？”

马缔无言以对，只好埋头嚼着腌萝卜，尽量不发出声响。香具矢早已出门上班了。

“现在可不是让你慢慢做准备的时候！”西冈继续发难，“说不定香具矢已经和‘梅实’的那个前辈好上了。”

“这倒不会。”

“你怎么知道？”

“因为我问她：‘现在有交往的对象吗？’她回答说：‘没有。工作太忙，况且之前一直没什么兴趣。’”

“笨蛋，不要把这种话当真啦！”西冈一口断言，“人家的意思是‘我对你没兴趣’，要察言观色啊！这种时候不要退却，果断地对她说‘即使这样也请和我交往’！你想想为什么游乐场会紧挨着东京巨蛋酒店！”

香具矢并没说现在没兴趣，她用的是过去式。虽说如此，马缔并没有自作多情地认为那意味着“现在对我有点好感”。尽管对西冈的言论颇有异议，但马缔还是决定保持沉默。

现在是工作时间，但马缔正忙着写情书。用不着西冈和阿竹婆婆多说，马缔自己也明白，如此消极而且暧昧的态度绝对不行。虽然心里明白，可一旦和香具矢面对面，却总是说不出心里话，这点已经得到印证。连一起乘坐摩天轮的时候都没能吐露心声，今后若非是被强盗拿着菜刀胁迫“老实交代你的意中人是谁”，否则表白是决计不可能了。

既然说不出口，索性写成文章好了。想到这个点子，马缔连忙以特快列车般的速度解决了今天的工作，于是现在正跟信纸面面相觑。这会儿可没精力理会西冈。

“谨启，寒风宣告着严冬的临近，今日此时此刻，敬祝阁下健康平安……这是什么鬼东西啊！”在一旁盯着马缔写情书的西冈，放下托腮的手，整个身子凑了过来，“太生硬了，马缔。就算是企业的致歉公告也没这么一板一眼。”

“这样很糟吗？”

“放松点儿，愉快些。再说了，现在谁还写信啊。香具矢不是有手机吗？至少换成短信吧？”

“可是我不知道她手机邮箱的地址。就算她告诉了我，难道用出版社的邮箱地址给她发短信吗？这样岂不是很煞风景？”

“你没手机这事儿就够煞风景了。赶紧去办！不然，以后不叫你‘认真’了，改叫‘煞风景’算了。”

“马缔不是外号，是本名。”

马缔和西冈正你一句我一句地斗嘴，这时，仿如在地底爬行般的低沉声音喝住了他们。

“你们俩，到底有没有好好干活？”

抬头一看，荒木正气势汹汹地站在编辑部门口。

“你们该不会是想把这本辞典拖到下辈子吧？”

“您说什么啊，我们可是满腔热情地扑在工作上呢！”

西冈起身拉过一把椅子请荒木坐下，马缔不动声色地把写了一半的情书收进了抽屉里。

“今天不开会呀，您怎么来了？”

“出版社董事向我许诺了，”荒木也不落座，解开黑色围巾，“在接受附加条件的前提下，《大渡海》的计划继续进行。”

马缔和西冈相互对视了一眼。无论出版社意向如何，也绝对要让《大渡海》抵达出版这个目的地。编辑部就是怀着这样的干劲投入了工作，而且，为了尽量避免节外生枝也做了不少准备。出版社究竟提出了什么条件，令人忐忑不安。

“第一个条件，修订《玄武学习国语辞典》。还有一个条件……”

“做不到。”

马绨打断了荒木的话："我们是从零开始编这本收录超过二十万个词条的辞典，这期间实在无暇顾及其他辞典的修订工作。现在应该把精力集中在《大渡海》这一本上。"

"上面的人根本没有亲身体验过编纂辞典的现场，所以才这么轻易就下令修订，"西冈也在一旁帮腔，"修订需要花费的劳力和时间跟新编一本辞典没差别。这点荒木大哥应该再清楚不过了吧。"

"即使这样，也不得不做，"荒木说道，表情犹如在咀嚼苦涩的药草，"编《大渡海》需要经费。社里的意思是要我们辞典编辑部尽量自筹资金。"

辞典经过修订就能卖得好。如果修订版和未经修订的辞典摆在一起，几乎所有的顾客都会选择内容较新的版本。

《玄武学习国语辞典》是荒木和松本老师编的小型辞典，顾客以中小学生为主，销量一直很稳定。估计出版社就是看准了这一点，明明去年刚进行了大规模的修订，这还没过多久就又下令改版。

"松本老师怎么说？"

"大概会理解吧。修订工作一定会对编《大渡海》有所帮助，"荒木倒像是在说服自己，"特别是马绨，你这是第一次编辞典。与其一来就挑战《大渡海》，不如先通过修订《玄武学习国语辞典》积累经验。"

历经艰辛才启动了编纂《大渡海》的计划，现在却被泼了冷水，最不甘心的一定是荒木。积累经验这一建议的确合情合理，马绨只能接受现实，停止了争辩。

但按荒木刚才所说，似乎要继续《大渡海》的计划，还有其他条件。无论是什么条件，都竭尽全力地接受吧。马缔振奋了一下心情，抬头看向荒木。

“您刚才说‘还有一个条件’，是什么呢？”

“唔……”荒木撇开视线，一脸难以启齿的表情挠了挠下巴，“不，没什么。西冈，你跟我来。”

荒木说罢走出了编辑部。马缔和西冈再度面面相觑。

“怎么回事啊？”

“谁知道。”

“西冈，还不快过来！”荒木的怒吼响彻走廊。

“是是。虽然搞不清状况，我去去就回。你要是先回家的话，拜托锁下门。”

西冈也离开了，办公室里只剩下马缔一人。他把才写了半截的情书在办公桌上摊开，可心里老是惦记着荒木和西冈。先喝杯茶吧，马缔以此为借口，拿着茶杯来到走廊上。

昏暗的走廊上不见人影。马缔把耳朵贴在隔壁资料室的门上，却听不见任何响动。看样子荒木和西冈已经出了副楼。马缔只好在老旧的茶水间泡好茶，回到了编辑部。

天色已近黄昏，室内比往常更加寂静。马缔只打开了自己头顶上的日光灯，投射在室内的影子愈发深沉，并排在窗边的书架宛如漆黑的森林。

调整了一下绑在椅子上的坐垫，马缔坐了下来，一边啜着茶，一边思考情书的后半部分。

马缔心中充满了不安。不管是辞典的进展，还是恋情的走向，都看不清将来。这间屋子里充满了书籍和词汇，可究竟要选择哪个才能打开局面呢？马缔没有丝毫头绪。

但是，因为没头绪便驻足不前的话，什么都不会改变。

马缔的后背感受着书架仿佛要倒下来似的压力。他提起笔，一个字一个字，郑重其事地填满白色信笺纸，只为把自己的心意化作有形之物。

时针走过晚上八点，情书总算是写好了。西冈还没有回来。马缔把情书放在西冈的办公桌上，转念一想，这样不就成了写给西冈的信吗？于是又附上留言“请求点评”。

关上灯，锁好编辑部大门，顺带检查了资料室的门窗和茶水间的燃气电源是否关好。虽然编辑部里没有一件贵重物品，但长年来收集的资料和积累的词汇，有着用金钱无法衡量的价值。不记得是从什么时候起，也不知受谁影响，编辑部的成员们都养成了习惯，最后一个离开的人负责关好门窗和燃气电源。

把钥匙交给玄武书房副楼的值班室，马缔走上了大街。呼出的气息已经微微发白，是时候把厚大衣拿出来了。把下巴缩到围巾里，马缔朝着位于春日的公寓迈开步子。

回到早云庄，马缔在一楼走廊正好撞见刚从浴室出来的阿竹婆婆。

“哎呀，你回来了。”

刚泡过澡的阿竹婆婆，脸颊泛出红晕。这么说来，自己和香具矢的作息时间完全对不上，即使住在同一屋檐下也从来没见过她出浴的模样。马缔稍有些遗憾，随即又为这样的自己感到羞耻，于是在心里——不知是对阿竹婆婆还是对香具矢——默默说道：“对不起。”

“我回来了。”

“今天好冷啊。要不要来喝杯热茶？”

“那我就不客气了。”

洗手漱口之后，马缔来到阿竹婆婆的起居室。把脚伸进被炉，自然而然地长舒了一口气。刚盘腿坐好，一个柔软的重物便压上了膝头，原来是在被炉里睡觉的阿虎爬了上来。

“看来你们在游乐场玩得挺高兴嘛，”阿竹婆婆麻利地准备好热茶和盛在小碟子里的腌白菜，“香具矢一脸开心地告诉我了。”

“她玩得开心就好……”

马缔低头说了句“我开动了”，用牙签戳起一块白菜。心脏发出吵闹的跳动声，说不定，阿竹婆婆并不认可马缔对香具矢的爱慕。这也难怪。马缔无非就是个房客，可他不仅用书侵占了早云庄的一楼，还企图向她的孙女伸出魔爪。

或许对于阿竹婆婆而言，我的行为完全就是“恩将仇报”的真实写照。不对不对，说“魔爪”还不至于。我是打从心底想和香具矢交往，如果香具矢愿意的话。

“我几乎没说什么话，还担心香具矢会不会觉得很无聊呢。”

不想让阿竹婆婆留下不好的印象，马缔谦恭地回答。而实际上，他心中的期待难以抑制，感情几乎要脱缰狂奔，只能高速咀嚼腌白菜来掩饰。喀嚓喀嚓喀嚓，如同仓鼠啃菜叶一样的声音响彻在起居室。

“那孩子啊，有些胆小。”

阿竹婆婆叹息道。

“胆小？”

马缔咽下白菜，歪着头看向阿竹婆婆。总是英姿飒爽的香具矢，和这个词完全不搭调。

“和前男友分手以来吧。当时对方都求婚了，她却说想继续磨练厨艺，拒绝了陪他调动去国外。”

“我就不会调动去国外。”

马缔下意识地抬起腰，被受到惊吓的阿虎赏了一爪子，痛得直哼哼。

“唉，在男人们看来，她就不是那种‘可爱的女人’吧，”阿竹婆婆再次叹了口气，“香具矢好像也挺受打击，更加专注于学习厨艺。在京都那段时间似乎也有交往的对象，现在看样子也没下文了。”

香具矢是为了和阿竹婆婆一起住才来东京的。或许是因为她在京都的学习恰巧告一段落，但阿竹婆婆却隐隐感到内疚。

“做厨师得一辈子磨练手艺，这是理所当然的，”马缔开口给

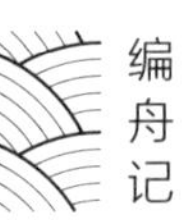

阿竹婆婆打气，“她以前交往的对象又不是一辈子都待在国外，对吧？如果他真心想和香具矢结婚，可以结婚后分居两地一段时间，或者干脆推迟婚期，总会有办法。”

越说越来气。是嫉妒。我连交往都不敢奢望，那个男人竟然放弃和香具矢结婚的机会。而香具矢还对那个男人耿耿于怀，甚至因此变得胆怯。真是让人羡慕得牙痒痒。

“说不定啊，小光这样的人比较适合香具矢。”

阿竹婆婆的喃喃自语传入耳中，马缔猛地抬起头来。

“您真的这么认为？”

“嗯，有些迟钝，有自己热衷的事物。这样的人才不会干涉香具矢的世界，也不会对她想做的事指手画脚。相互之间不抱过多期待，或者说采取放任主义吧。”

这样的关系又让人略感寂寞。阿竹婆婆这算是在表扬我吗？马缔有些迷惘，但想起之前阿竹婆婆说过要相互依靠，于是决定不客气地依靠她一次。

“那么，就拜托您委婉地、不着痕迹地在香具矢面前帮我美言几句吧！”

“咦？也不能无视香具矢的心情啊，要不着痕迹地帮你说好话，这太难了。”

马缔飞身跑出阿竹婆婆的起居室，回到自己房间抱了一大堆囤积的口粮——“扎晃一番”方便面。马缔的财产尽是书，说到能用来收买人心的东西，就只有“扎晃一番”了。现在也顾不上那么多了。

“请务必帮我一把！拜托了！”

看着在被炉上堆成一座小山的方便面，阿竹婆婆第三次叹气。

“真拿你没办法，我会尽量试试。”

阿竹婆婆努力忍住笑。

第二天，西冈难得比马缔早到办公室。

“哟哟哟，马——缔，你的情书我看过了哦！”

“你觉得如何？”

“不错啊。干干脆脆交给香具矢吧！”

西冈一脸强忍笑意的表情。

为什么我总是惹人发笑呢？我明明很认真啊。马缔想不通理由，莫名地觉得自己有些可悲。接过西冈递过来的十五张信笺纸，装入信封，塞进包里。

“对了，昨天荒木跟你说的事，到底是什么啊？”

“哦，那个啊……”西冈启动电脑，开始查收邮件，“其实也没什么特别的。”

“但是……要继续编《大渡海》就必须接受公司开出的条件，是关于这事吧？”

“没有啦，只是抱怨了一下公司高层而已。一直陪他喝酒到很晚，把我累得够呛。”

马缔觉得蹊跷，观察着西冈的侧脸。荒木的确说了“还有一个条件”，难道是我误会了吗？如果真的只是去喝酒发牢骚，为什么只叫上西冈呢？

是因为我调到辞典编辑部吗？还是因为我在场的话，就没法痛痛快快地发牢骚呢？

仿佛为朋友之间的距离而烦恼的女中学生一般，马缔陷入了纠结。当然，马缔没当过女中学生，只是揣测“或许是这种感觉吧”。由于自己过于死板的个性，总使得周遭难以接近，自己也久久无法融入其中。对于这点，马缔有自知之明，但他自认为最近渐渐适应了辞典编辑部，与西冈也相处融洽。因而眼前的状况更令他黯然神伤。

西冈哼着小曲，嘴上念念有词：“哦，历史学的西条老师这么快就把稿子寄来了。”如果能像西冈那样，个性开朗又毫不胆怯，不在自己和他人之间筑起障壁，那么不管是恋爱还是工作，一定都能一帆风顺。马缔早就发现，有时候看起来大大咧咧的西冈，其实绝不会伤害他人的感情。

“好嘞！”西冈起身抓起外套，“我去给那些没音信的老师鼓鼓劲儿。”

明明刚到办公室不久，真是匆忙。

“离截稿还有段时间，不用这么赶吧？”

“因为辞典的稿子很特别嘛，说不定老师们正苦恼着不知该如何下笔呢。随时留意和跟进才是关键。”

西冈抽出夹在记事本里的纸，在马缔眼前展开，还不忘配上

“锵锵”的效果音。纸上是负责撰稿的各大学老师的授课时间一览表。的确，有了这张表，便能掌握对方的闲暇时间，提高登门拜访的效率。

可他究竟是什么时候做出这张表的呢？一涉及外勤工作，西冈就充满了生气。

“真了不起！”

马缔钦佩地说。虽然编辑部需要着手的工作堆积如山，比如修改收到的稿件、检查词例收集卡……可是不忍心给难得提起干劲的西冈泼冷水，马缔终究没有说出口。

“等我回来再讨论《玄武学习国语辞典》的修订安排。”

“好。”

马缔套上黑色的袖套，拿出今天需要检查的词例收集卡。

“马缔。”

被叫到名字，马缔抬起头来。还以为西冈早就出去了，谁知这会儿他还站在门口。

“是。”

“你呀，完全可以更自信一些。像马缔你这么认真，任何问题都能迎刃而解。”

听到这番突如其来的话，马缔惊讶地放下了铅笔。

“我也会尽力配合你。”

西冈迅速补充了一句，身影消失在门外。

绝对发生了什么。就连被阿竹婆婆戏称为“迟钝王”的马缔，这回也确信不疑。要么是西冈突然发烧昏了头，要么就是听荒木说了什么。

被蹲在早云庄走廊上的马缔吓了一大跳，深夜归家的香具矢后背撞上了刚刚关好的玄关拉门。

“哇！你在这儿干什么？”

“抱歉吓到你了。”

马缔在门厅入口正襟危坐，向愣在玄关脱鞋处的香具矢递上情书。

“请务必过目。”

“这是什么？”

“我的心声。”

马缔感觉自己脸红到了耳根，慌忙起身说道：“那么，晚安。”

飞奔回房，关上门，钻进被窝。香具矢似乎已经上了二楼。说不定她读完信之后会马上给我回音。马缔心跳加剧，紧张得连太阳穴都快要石化了。

自己的心声都注入到了信中，所以无论得到怎样的答复，都冷静地接受吧。马缔在被窝里仰望着天花板，静静地等候。阿虎在晾衣台上喵喵叫着。他听到香具矢推开房间的窗户，不一会儿又关上了。周围陷入一片静寂。水渠传来扑通一声，不知是鱼儿跳出了水面，还是有树枝掉落。

马缔痴痴地等着，冰冷的脚尖都彻底暖和起来了，香具矢还是没来。

他眺望着窗外的天空渐渐被曙光照亮。

过了一星期，香具矢还是没有任何回音。两人一如往常，几乎没机会碰面。虽然周末“梅实”休息，但香具矢一大早就出了门，说是去酒店参加著名厨师的现场烹饪会。难道她是有意回避吗？早知道就不该用写信这种磨蹭的方式了。

马缔度过了一段闷闷不乐的时间。即便心情郁闷，也丝毫没怠慢工作，这是马缔的一大优点。为了在编纂《大渡海》的同时进行《玄武学习国语辞典》的修订，马缔跟松本老师商讨了工作计划。

“新编一本大部头辞典时，必然伴随大大小小的挫折，”松本老师十分淡然地接受了公司近乎阻挠的要求，“不过，无奈人手不足，要完成《大渡海》不知得花多少年啊……”

“公司真的有心编辞典吗？”通常不太表露感情的佐佐木，这次也一脸不甘地说，“非但不给我们补足人手，还要求修订辞典。好像在等我们主动放弃一样。”

荒木和西冈迅速交换了个眼神，这个小动作没能逃过马缔的眼睛。

这一星期，马缔心中惦记着的不光是香具矢的回音，还有西冈的态度。

马缔告诉西冈自己把信交给了香具矢，但还没有得到答复。

既然信的内容西冈也看过，马缔觉得还是报告一声为妥。但西冈那时只是坏笑了一下，安慰说："别急，香具矢不会无视你的告白。"便不再追问。之后，他就忙着拜访执笔者，以及重新制作编辑工作的进度表。若是往常的西冈，一定会刨根问底："后来有什么进展？"果然事有蹊跷。而对于突然勤奋起来的西冈，佐佐木等人甚至觉得太阳要打西边出来了。

"曾经有前人单凭一己之力完成了大部头的辞典，"想要活跃一下沉闷的气氛，马缔故作乐观地说，"至少我们编辑部不止一个人。不要放弃，一起加油吧。"

"是啊。"

松本老师备受鼓舞地看向马缔，点头赞同。

"呃，虽然非常难以启齿……"西冈畏畏缩缩地开了口，"貌似明年春天我就要调动去广告宣传部了……"

"什么？！"

"为什么？"

松本老师和佐佐木惊诧地喊了出来。西冈微微一笑，低头不语。荒木一脸沉郁地接过话头：

"这是公司的意向。就是说没有多余的人手可以分给辞典编辑部吧。"

"怎么能这样！"

松本老师拽紧了桌上包袱袋的结扣。

"这样的话，我有生之年能否看到《大渡海》付梓也难说了……”

“刚说人手不够就拆我们台！”

忿忿不平的佐佐木摇了摇头，或许因为往日积累了太多疲劳，骨头发出夸张的响声。

西冈要被调走？马缔目瞪口呆，半句话也说不出来。荒木是特聘顾问，松本老师是外部主编，佐佐木是签约职员。也就是说，现在的辞典编辑部，在关键时刻与公司交涉、主导编辑工作的人，就只剩我一个了！

哪里还顾得上仰慕单凭一己之力完成辞典的伟大先人。现在玄武书房辞典编辑部，基本上成了只有马缔一个人的部门。

在过度冲击和不安的夹击下，马缔几乎站不稳脚，一结束工作就连忙回早云庄了。在房间里吃完“扎晃一番”，把自己关进用作书库的里屋。

明天还要上班，却没有丝毫睡意。马缔既没电视，又没什么兴趣爱好，想要镇定情绪，除了读书以外别无他法。

端坐在飘浮着灰尘的夜晚空气中，马缔深吸一口气，从书架上取出四册一套的《言海》。被称为日本现代辞典之滥觞的《言海》，是于明治时代由大槻文彦独自一人所编。大槻文彦投入私人财产，倾注所有时间，真正赌上了自己的一辈子，最终完成了《言海》。

我有如此的气概和觉悟吗？

在膝头摊开购于旧书店的《言海》，小心翼翼地翻阅着散发出霉味的书页。马缔的目光停在“厨师”这个词条上。

【厨师】以烹饪调理为业的人。厨子。

最近几乎听不到“厨子”这个叫法了。无论怎样出色的辞典也无法避免过时的宿命，因为词汇具有生命。若是要问《言海》放到现在是否仍然具有实用性，恐怕只能回答：“太古旧了。”

不过……马缔心想，作为一本辞典，《言海》的理念以及蕴含的热情绝不会过时，并且会一直传承下去——在受到许许多多使用者喜爱的各种辞典里，在致力于编纂辞典的编辑人员的心里。

看到“厨师”一词，浮现在马缔脑中的自然是香具矢。“以烹饪调理为业的人”。“业”这个字，是指职业和工作，但也能从中感受到更深的含义，或许接近“天命”之意。以烹饪调理为业的人，即是无法克制烹调热情的人。通过烹饪佳肴给众人的胃和心带来满足，背负着如此命运、被上天选中的人。

回想着香具矢的日常生活，马缔不由得感叹：“不愧是大槻文彦，竟能想到用‘业’这个字来说明对于职业那种‘无法按捺的热情’。”

无论是香具矢，还是编出《言海》的大槻文彦，或许我也算，都被这种只能称之为“业”的力量所驱动着。

马缔无数次地幻想着，如果香具矢接受了我的心意，该是多么幸福啊。如果她对我绽放笑颜，我也许会开心得死掉吧。活到今天，一直都与运动无缘，所以对心肺的机能没有信心。这并非夸张的比喻，自己的心脏能否承受得住香具矢微笑的威力，是个大问题。

有些后悔把情书交给她。香具矢在修炼厨艺的道路上大步迈进，几乎痴迷到被烹饪附体的程度。如果情书给她造成负担，则与马缔的本意相悖了。他自己也处于为《大渡海》倾注全力的立场，深知为“业”所困是怎样一种感受。

迟迟没得到情书的回音，一定是香具矢不知如何答复。即便只有一瞬间，也不该让她烦恼。恋爱这种俗念，应该封印在自己心里才是。

马缔听到玄关拉门被轻轻拉开的声音，好像是香具矢回来了。尽管刚才还在反省，马缔却仿佛被操纵了一样站了起来，双脚不听使唤地径直走出房间，迈向走廊。

“香具矢小姐。”

声音有些沙哑。香具矢听到呼声，在楼梯中间回过头来。她穿着黑色大衣，披着长发。或许因为疲惫，往常总是闪闪发光的眼眸，少有地带着倦意。

“可以给我答复吗？”

“答复……”

香具矢缓缓地眨了眨眼。

“当然，如果你要拒绝请不要顾虑，直说就好，我已经做好了心理准备。”

“等等！难道你说的是那封信？”

“是的。情、情……情……”

由于过度紧张，马缔结巴了半天，好不容易才说出“情书”。

香具矢还保持着回头看的姿势，发出了不知是“哇”还是“唔”的声音。眼看着她涨红了脸，轻声说了句“对不起”，转身逃上了二楼。

她道歉了。也就是说，自己被拒绝了吧。既然如此，为什么香具矢会满脸通红呢？与其如此，还不如用令人肝肠寸断的态度和言辞狠狠回绝我。

刚才的她实在太可爱了。

马缔觉得自己有些变态，但忍不住在脑中反刍着香具矢说出“对不起”时的表情。好悲哀，好难受，好可爱，可爱到让人气恼。种种情绪在心中卷起旋涡。马缔呆呆地站在走廊上，连席卷而来的寒意也浑然不觉。

过了好一阵，穿着睡衣的身体都已经冷透了，马缔还是呆站着。香具矢拿着浴巾和替换衣物从二楼走下来，看见还杵在楼梯下面的马缔，她吃了一惊。

“对不起，我得去洗澡。”

匆匆说完，香具矢从马缔身边走过。

她又一次道歉了。马缔总算慢吞吞地重新启动了，他回到书库，把随手放在榻榻米上的《言海》摆回书架，然后返回自己房间，把窗户打开一条窄缝，钻进了从来不叠的被窝。

拽了一下懒人绳，熄掉屋里的灯。灌进房间的风使得室温越来越低。

“阿虎。”

怎么唤也没有回音。仰望着阴暗的天花板，马缔再也忍受不住悲伤，闭上了眼睛。即便这样也不够暗，他用手臂盖住眼睛。

无论多么深邃浓厚的黑色，也无法涂抹掉他此刻的心情。

“阿虎，阿虎……”

马缔轻声呼唤，最后呼唤声化作了呜咽的悲泣。他真正想呼唤的是另一个名字。

懒人绳上的铃铛轻轻发出脆响。自己似乎睡着了一会儿。在公司和早云庄受到双重夹击，情绪一直起伏不定，因而身体在不知不觉之间累积了疲劳，仿佛要逃避现实一般抛开了意识。

忽然，马缔隔着被子感到些许重量和温度。是阿虎。想要抚摸毛茸茸的阿虎，马缔伸出盖着眼睛的手，在肚子周围探索。

“你来啦。”

马缔指尖触碰到的物体和猫毛截然不同，几乎与此同时，传来了香具矢的声音。

“嗯，我来了。”

“呜咕！”

马缔惊呼一声，急忙想要坐起身来，却没起得来。这时，香具矢正好压住了他的肚子。她匍匐在马缔身上，将脸靠了过来。刚刚出浴还湿漉漉的头发垂落在马缔的指尖，她的笑脸绽放在黑暗中。

“收到那么真诚那么深情款款的信，我怎么可能不来。”

马缔的心脏瞬间被射穿，一句话也说不出来。这不是在做梦吧？吞了好几口唾沫，好不容易打开了被凝固成块的空气堵塞的喉咙。

“可是，我把信给你之后过了挺长时间……”

“抱歉啦，因为我不确定那究竟是不是情书。”

香具矢的手指掠过马缔的脸庞。由于长期刷洗餐具的缘故，手指的触感有些粗糙。

“因为主厨一口回绝说：‘我可看不懂文言文。’前辈又只是一个劲儿地笑。”

“你给店里的人看了？”

虽然不认为自己写的是文言文，但文章的确有些生硬。万万没想到这封信——饱含爱慕之情，却又词不达意、晦涩难懂的信——会被香具矢以外的人读到，马缔羞得面红耳赤。

“奶奶倒是怂恿我说：‘你直接问他不就得了。’可是小光的态度看起来和往常没什么差别，所以我越来越不确定。”

当然和往常无异了。因为从第一眼见到香具矢的那一刻起，马缔的态度就没正常过。这一切都是恋爱使然。

“我喜欢你。”

马缔以迄今为止最一本正经的态度告白。

“在游乐场时，我也好多次这么猜测，”香具矢把额头贴在马缔的胸口，放心地吐了口气，“可是，你什么都不说，也没有行动。”

“对不起，我还不习惯。”

“不用道歉。其实，我也很狡猾地想，再观察一段时间好了。一直想向你坦白来着。”

“坦白吗？”

“嗯。”

和抬起脸的香具矢四目相对。见香具矢笑得很开心，马缔也笑了。心脏怦怦乱跳，几乎到了极限，所幸没有破裂，也没有停止工作。香具矢的脸庞慢慢靠近，柔软的唇瓣触碰到马缔的嘴唇。马缔注意着不发出鼻息，小心翼翼地深吸了一口香具矢秀发飘散出的甜甜香气。这不是在做梦，马缔总算确信了。

“你怎么全身都僵硬了？”

“对不起，我还不习惯。”

“还需要习惯吗？”

香具矢打心底感到不可思议。被这么一反问，马缔鼓足勇气，决定采取行动。不光是内心的激情，马缔的理性也渴求着香具矢。他的大脑、他的全身上下，都如此诉求着。

马缔撑起身子，轻轻拉起压在自己身上的香具矢，掀开被子。还不等马缔放手，香具矢的身体便代替棉被将他覆盖。马缔双手环抱住香具矢，比起体型圆润的阿虎，她的身体更有弹性，也更加柔软。

“对了，以后写情书可以写得现代一些吗？解读起来太花时间了。”

“我会改进的。”

马缔忽然想起没关窗户，不过很快就把寒冷忘得一干二净。

阿虎的叫声沿着水渠飘来，仿佛要掩饰从室内漏出的动静。统率着这一带所有猫咪的阿虎，咆哮声颇具威严。今夜月色明媚。

香具矢水汪汪的眼眸凝视着马缔，反射出幽幽光芒，美得不可方物。

三

哈哈！西冈正志走进办公室，看到马缔光也的瞬间，便猜到了一切。

“早上好啊，马缔，发生什么好事了？”

“不，没什么。”

马缔头也不抬地用红铅笔修改着执笔者提交的《大渡海》稿件。

辞典的稿件颇为特殊，与杂志上刊登的报道及小说等不同，辞典并不看重执笔者的风格以及文章的个性。因为对辞典而言，怎样用简洁确切的语言说明词条才是重点。由辞典编辑们逐步修改收到的稿件，统一文体，提高释义的精确度。虽然会尽量与执笔者磋商，但编辑部一开始就明确告知执笔者稿件可能被修改，并征得同意。相应的，辞典编辑的负担和责任也十分重大。

尽管聚精会神地舞动红铅笔的身姿令人钦佩，但马缔仅仅是在掩饰羞涩而已。

西冈从一旁观察马缔，得到了如此结论。马缔依旧故作镇定，牙齿却时不时地咬住两颊内侧，企图收紧不由自主上扬的嘴角。或许因为睡眠不足，眼睛里明显布满血丝，然而皮肤却异常光滑。

绝对没错。

高中时代偶尔有过这样的家伙，某天早上，皮肤带着光泽出现在教室。不过他万万没想到，竟然会在公司目睹年近三十的同事一脸滋润。

还说“没什么”。哎呀，发展得很顺利嘛！西冈脱下西装外套，为了避免弄出褶皱，小心地挂到椅子的靠背上。

早料到事情大概会发展至此。对西冈来说，女人简直是谜一般的生物，她们选择的男人，总是让他想破脑袋也想不通，忍不住想问：“为什么会看上这家伙？”女人选择对象的时候，赏心悦目的外表、存款的金额以及处世圆滑的性格，这些显而易见的条件几乎无关紧要，她们看重的是对方“是否把自己摆在第一位”。西冈通过种种经验摸清了一点。若被女人称赞“你真诚实”，大部分男人会觉得自己是被看扁了。可是，女人似乎打心底把“诚实”当作最高等级的褒奖之词，而且这个所谓的“诚实”其实是指“绝不会对我撒谎，只对我一个人温柔”。

这谁受得了啊！不，其实并非不想做，乃是做不到。

当然，西冈从来没被女性称赞过“你真诚实”。必要的时候会说谎，也会看气氛调节温柔的程度。西冈甚至认为，这才叫真正的诚实。自然，他无论和谁交往都长久不了。

最终，或许像马缔那样的家伙，才是真正受欢迎的男人。乍看并不起眼，优点只有认真，但并非完全没有讨喜之处，而且对工作和兴趣全身心地投入。

叹了口气转换心情，西冈摆好架势，着手写起催稿的邮件来。没时间用来发呆了。看似只剩坚实树干和枝条的樱花树，在它枝干的内部，正悄然无息却又确确实实地准备着迎接春天。西冈暗下决心，在调动到广告宣传部之前，尽量把能做的事情都解决掉。为了不擅长对外交涉的马缔。

记得第一次近距离见到调来辞典编辑部的马缔时，西冈暗自思忖，这家伙，看样子一辈子都出不了头。同时又觉得不起眼的辞典编辑部再适合他不过了。举荐马缔给荒木的虽是西冈，但还是禁不住有些忐忑。

西冈从同期进入公司的同事——营业部的四日市洋子口中听说了马缔这号人物。

“刚进来的新人好恶心哦，”洋子停下舀咖喱饭的手，皱起眉头说，“当初还有人宣传，说他是取得语言学硕士的优质男人呢。”

在同期进来的同事中，洋子算是和西冈比较合得来的。他们偶尔一起主办联谊会，每隔几个月便会聚在一起喝酒聊天。听了洋子的抱怨，西冈随口问了句：“哦，怎么个恶心法？”那是在玄武书房主楼的地下员工餐厅。

“他呀，头发总是乱蓬蓬的。”

“是自然卷吧。”

“而且他不光整理自己的办公桌，连营业部的储物架也全部收拾了。”

“这不是挺机灵、挺好用的新人吗？”

“可他整理的方式就像松鼠藏橡子似的，简直就像只匆匆忙忙的小动物。还有啊，我们不是要去书店跑业务吗？他每次回来都会提着塞满旧书的纸袋子，有必要每次都这样吗？到底有没有好好去书店走访啊？还有还有，发薪日之前，他还会干啃方便面呢！果然是因为买了太多旧书没钱了吗？”

“别问我啊。”

“不觉得恶心吗？”

“的确是有点怪啦。”

“西冈也好，那个新人也好，我们公司的录用标准到底是怎么回事啊！”

洋子叹息着，把咖喱饭吃得干干净净，然后拿勺子在水杯里搅动起来，说是只要看到勺子没弄干净，她就会坐立不安。洋子是个既开朗又聪慧的好女人，可唯独这个怪癖让西冈无法接受。

“啊，糟糕！”把勺子放回餐盘的洋子看了一眼西冈的背后，低下头说，“刚才提到的新人也在呢，被他听到了可怎么办啊？”

西冈不动声色地扭头看去。稍稍有些距离的餐桌边，一个瘦瘦高高的男人正好站起身来。如洋子所说，他的头发实在是蓬乱得无拘无束，他一只手端着似乎装过三明治的餐盘，另一只手拿着泛黄的文库本[①]，视线集中在书上，向餐具回收口走去。没走几步便径直撞上了盆栽观赏植物，叶子上的积灰腾空而起，餐厅里所有人的视线都集中到他身上。也顾不得重新戴好撞歪的眼镜，男人朝着观赏植物鞠了一躬。

“瞧他那样子，根本就没注意吧。”

沉浸在自己世界里的典型。西冈重新面向洋子，对马缔做出了分析。这也是西冈最不擅长应付的类型。

“当初明明那么想来着，我干吗要这么照顾你呢？”

西冈注视着坐在对面吃着荞麦面的马缔。完成上午的工作之后，西冈邀一贯囊中羞涩的马缔去公司附近的荞麦面店。西冈说“我请客”，于是马缔很客气地点了份蘸汁素荞面。即使如此他也十分满足，吃得津津有味。

“你刚刚说什么？”

说你呢。西冈没能说出口，只好敷衍了一句“没啥”。马缔把荞麦面吃得精光，又往蘸汁里注入热汤。西冈点的亲子盖浇饭很快就吃完了，于是只能干坐着等。

“喂，油光水滑。”

---

① 一种廉价且小巧便于携带，以普及为目的的小开本出版型态。通常为平装，最常见尺寸为 A6 规格、105mmx148mm。

“你是说我吗?”马缔一脸诧异地摸了摸头,“只有头发倒是挺茂盛的。”

“你和香具矢发展得如何了?”

“托你的福。”

马缔企图岔开话题,但在西冈犀利目光的逼问之下,他觉悟到没法搪塞过去,只得放下装蘸汁的瓷杯,老老实实地回答。

“虽然有些难以置信,但香具矢说她也一直对我有好感。但是,不想妨碍我编辞典的工作,也不希望影响到自己的厨艺修行,一时之间思绪纷扰,不知不觉就拖了很长时间。”

“哦,这样啊。恭喜你处男毕业了。”

因为玄武书房的员工常常光顾这家店,西冈说到“处男”的时候特意压低了音量,可马缔毫无羞怯之色,反而点头赞同。

“我们谈过了,最后得出一个结论:正因为我们各自都拥有不希望被阻碍的目标,说不定能相处得很顺利。”

“哦,这样啊。”

简直让人无言以对。的确和你很般配啊,马缔。无论是辞典编辑部,还是香具矢。

迄今为止,从来没有任何事物让我这样痴迷。今后也不会有吧。

不知马缔如何理解西冈的笑容,他端起蘸汁杯,回以没有丝毫阴翳却又低调的微笑。

从马缔调动到辞典编辑部那一刻,西冈就预感到了——这里已经不需要我了。

西冈自认进入出版社以来，也为辞典的编辑工作竭尽了全力。虽然对辞典没有一点儿兴趣和感情，但既然被分派到了辞典编辑部，他也努力干好了分内的工作。

而且，培养出了强韧的意志力，能抵抗佐佐木不留情面的态度；仔细调查了松本老师的行动习惯和对食物的喜好；甚至练就了一门技巧，能够泰然自若地应对荒木对辞典近乎异常的固执。

尽管如此，还是老被荒木训。

“‘固执’这个词可不能用于褒义。虽然有‘固执于细节的杰作’这个说法，其实是误用。因为‘固执’的本意是‘拘泥于某事物；对某事物进行刁难’。”

尽管被训斥了无数次，西冈也丝毫没有畏缩。很想反驳说：“荒木大哥显然是拘泥于辞典，所以不算误用吧。”不过终究还是乖乖地洗耳恭听。

一旦埋头编起辞典来，便很容易在昏暗的编辑部里闭门不出。为了缓和办公室的气氛，让所有人都能开开心心地干活，西冈也下了不少功夫。

在辞典编辑部度过的五年时间，多多少少，在编辑部里找到了自己的归属和存在的意义，也隐隐萌生了依恋，对辞典，也对那些痴迷于辞典无法自拔的人们。

马缔的出现使得形势急转直下。

荒木丝毫不掩饰自己对马缔抱有很高的期待。虽然嘴上不说，但松本老师也很中意马缔的工作态度。或许是心理作用，总觉得就连无论对谁都直言不讳的佐佐木，对马缔的态度也像母亲或姐姐一般亲切。

这和西冈受到的待遇简直天壤之别。

这也无可奈何。马缔在编纂辞典方面的悟性和资质都出类拔萃。调来还不到一个月，连西冈也不得不承认“这家伙不同寻常”。

马缔不善言辞，但对词汇的感觉十分敏锐。有一次，西冈说起很久不见的侄子，感叹道：“最近的小鬼都早熟得很呐！”

话音刚落，马缔突然大叫一声：“对了！”拿起手边的辞典查了起来。

“日语中表示早熟有两个词，‘おませ（omase）’这个词不分男女皆可使用，而‘おしゃま（oshama）’却只能用于女孩。两者在语感上的微妙区别要怎样说明才好呢……”

因为马缔总会联想到别的事，对话常常不了了之。那时，西冈也不得不协助马缔在词例收集卡和各种辞典上查找这两个词的相关信息。

马缔制作的词例收集卡在林立的书架中独放异彩。一直以来由松本老师和历代编辑部成员制作了数量庞大的卡片，而马缔的卡片确确实实地填补着原有的不足。

他的集中力和持久力也十分惊人。当马缔编写《撰稿要领》或整理词例收集卡的时候，即便西冈在一旁搭话，也完全进不了他的耳朵。有时甚至忘记吃午饭，连续好几个小时趴在桌上工作。

黑色袖套在稿纸上摩擦着，几乎要迸出火花。从来都梳不顺的头发似乎反抗着重力，愈发奔放地散乱开来。

“最近越来越抓不稳东西了。”

马缔笑着说。由于翻阅大量资料，指纹都快磨平了。而西冈在辞典编辑部待了五年，指纹尚且健在。

平常马缔总是一副超然世外的样子，对自己的外表、对他人的看法都满不在乎，然而一旦事关词汇和辞典，他就判若两人。对工作的坚持几乎到了“执迷不悟”的地步，遇到问题会思考到透彻为止，在编辑部的会议上也会明确主张自己的意见。

西冈不禁有些担忧。辞典毕竟是商品，满腔热情地编纂固然重要，但在某些方面也需要折衷，诸如出版社的意向、发行日、页数、价格以及庞大的执笔者阵容。无论如何追求完美，词汇总是如同生物一般不断变化。辞典这种书籍，永远不会迎来真正意义上的“完成”。若是投入过多感情，便会迟迟无法下定“就此收手，交与世间评价”的决心。

虽然也有羡慕和嫉妒，但西冈无论如何都对马缔恨不起来。马缔是个让人无法移开视线的存在，包括他那非同寻常的热忱。从旁守护让人挂心的马缔，引导辞典的编纂工作与经营接轨，西冈认为唯有自己才能胜任。

我若是调动到广告宣传部，辞典编辑部会如何？马缔又会如何呢？

不安掠过心头，西冈一反常态，积极地投入了工作。一次次联络执笔者，尽量催收写完的稿子；对于尚未动笔的执笔者，则郑重提醒："请务必在截稿日之前交稿。"因为他断定对外交涉是马缔最不擅长的领域。

或许一切只是西冈杞人忧天。他有时会觉得，即使自己离开，辞典编辑部的日子也会出乎意料地平静。怀着对辞典的激昂热情，以及对语言的敏锐感性，以此为武器的马缔说不定能轻而易举地编出《大渡海》。

一想到这些，西冈便焦躁不安起来。

在"梅实"又目睹了让人急得牙痒痒的光景。

马缔比往常更加回避与香具矢四目相对，但在接过餐碟的时候，只是指尖微微相碰，也会羞得满脸通红。而香具矢比往常更加频繁地喊着"小光"，却又生怕被误会成光顾着马缔，结果递给他的开胃菜分量明显少于其他人。

搞什么鬼啊！你俩是中学生吗？到底想怎样！

西冈的焦躁感达到顶峰。

就连荒木、松本老师以及佐佐木也都察觉到两人的关系有了进展。

"保持这个势头，辞典这边也加把劲哦。"

"虽然不能重现《心》的情景有些可惜……"

"什么时候开始交往的？"

大家纷纷调侃马缔，送上祝福。马缔蜷着单薄的后背，含含糊糊地应对着。

“西冈，你不是自我感觉挺不错吗？”

佐佐木投来冷冰冰的目光，西冈连忙笑着说：

“毕竟同住一个屋檐下，马绨近水楼台先得月嘛。”

“你呀，就会耍嘴皮子。”

“这才是西冈的优点嘛。”

西冈为帮忙打圆场的松本老师斟满酒，说道：

“不愧是松本老师，太了解我了！”

“只会耍嘴皮子也算优点？”佐佐木一脸无言以对的表情摇了摇头，对着吧台喊道：“麻烦再来两壶酒。”

香具矢目不转睛地看着主厨做盐烤鲻鱼的双手。前辈模样的厨师代替她端来了酒，虽然不够和蔼，依然是个仪表堂堂的男子汉。

“师傅啊，你和香具矢一起工作，对她都没一点儿想法吗？”

西冈一边接过温得恰到好处的酒壶，一边问。

“什么想法？”

“她那么可爱，工作又努力，却……”西冈朝着马绨抬起下巴，“和这种不起眼的男人好上了，不觉得是暴殄天物吗？”

“西冈，你喝多了吧？”

马绨有些动摇。仿佛想要驱散西冈的话音，马绨一个劲儿地在餐桌上空扇动双手。前辈饶有兴致地挑起一边眉毛，说：

“我是有老婆的人了。”

西冈小声咂舌，嘟囔着："有老婆也别放过啊。"

"不过，谁要是敢拖她的后腿，我可会好好收拾他一顿。"

前辈的嘴角泛起微笑，留下一句："她可是我的宝贝师妹。"随即返回了厨房。

"帅呆了！"

西冈第一次看到佐佐木的脸颊染上红晕。

"所谓'玉树临风'就是指那样的男人吧。"

荒木也不禁赞叹。

恐怕会被"收拾"一顿的马缔本人，竟然漫不经心地和松本老师讨论起来。

"表示'教训、让对方遭受苦楚'这层意义的'收拾'，是从'收紧'这个词衍生出来的吧？"

"从厨师口中说出来，听起来总觉得像烹调最后一道工序加醋'收汁'一样。"

真扫兴。

"差不多该收尾了！要吃稻庭乌冬面还是茶泡饭，请举手！"

西冈故意提高嗓门喊道。马缔有些不好意思地举手选了稻庭乌冬面。

回到位于阿佐谷的公寓。正盯着电视看的三好丽美，躺在客厅的沙发上迎接西冈。

"你回来啦。"

“你还真是丑得让人清醒。”

拿着脱下的大衣，西冈俯看丽美，深有感触地说。

“阿正总以为这些话不会伤人，你这股不愠不火的糊涂劲儿真让人打心底无语。”

丽美从沙发上起身，检查手脚指甲上的指甲油是否干透。底色是淡淡的珍珠白，点缀有亮晶晶的小宝石。西冈在心里感叹她手巧得有几分浪费，嘴上回了句“抱歉”。

他和丽美的关系，用“冤家”来形容最恰当不过了。

起初，他们是大学网球社团的学长和学妹。丽美虽然不算美女，但总是打扮得清新自然，而且个性开朗，无论异性还是同性都对她抱有好感。西冈也一直把丽美看作“可爱的学妹”。连彼此在学生时代和谁交往过，都了解得一清二楚。

两人的关系发生变化，是在西冈那一届毕业欢送会的晚上。因为相互都有好感，于是两人借着醉意做爱了。

翌日清晨，看到丽美卸妆后的脸，西冈暗自惊愕。只见她的双眼皮变成了单眼皮，眼睫毛减少了七成，眉毛如同霞光般消失得无影无踪。老实说，她是个丑女。

虽然吃惊不小，但西冈并没有讨厌她。反倒对丽美可以媲美特效化妆的上妆技巧佩服有加，甚至感动于她为了变得可爱而不惜付出努力的姿态。

自那以后，两人开始出入对方的房间。在西冈面前，丽美索性素面朝天。西冈对丽美也毫无顾虑，有话直说。

话虽如此，若被人问起："你们在交往吗?"西冈却只能回答："不知道。"

西冈照常参加联谊会，顺利的话也和其他女人睡，有时还会发展成短期交往的关系。对此，丽美从不干涉。只要察觉到西冈有了别的女人，就不会再来串门。等到西冈分手的时候，她又突然现身了。

丽美似乎也会和其他男人交往。西冈不知道该不该追问，所以一直都缄口不提。学生时代反倒能相互坦诚这方面的事情，有了肌肤之亲后反而产生了距离，真是奇怪。

那些男人一定没见过丽美不化妆的样子，西冈心想。只能以此来驱散郁积在心头的阴霾。阴霾的真面目究竟是由爱恋而生的嫉妒心呢？抑或只是孩子气的独占欲呢？西冈自己也说不清。

冤家的缘分依然继续。

"因为刚刚见过光彩照人的香具矢嘛，再看到你落差实在太大了。"

"香具矢是谁?"

"我们偶尔聚餐的日本料理店的人。"

"是美女啊。"

"可不是随处可见的高水准。"

"你真是差劲透了!"

丽美嘟起腮帮子，朝着坐在沙发上的西冈撞过去。丑八怪即便露出这种表情，无非也就跟丑女阿龟的面具一个样。别装可爱了。虽然心里这么想着，但一感觉到丽美的体温，西冈的心情就渐渐放松下来，这也是不争的事实。

丽美的头发飘散出芬芳。看来她一如往常，擅自用了西冈家的浴室。明明和自己用相同的洗发水，可丽美洗过之后闻起来格外香甜。猛扑上来的丽美，眼眸中漾出笑意。

于是西冈放心地耍起贫嘴来：

"有什么关系，我可是拿你和'不是随处可见的高水准'在做比较呢。"

"拿我们做比较本来就很失礼耶！"

两人在沙发上打闹起来。

马缔是怎样触摸香具矢的呢？西冈并不是想象力丰富的人，无法在脑中浮现具体画面。只是没缘由地认为，香具矢一定满脸幸福地望着马缔。

虽然俗话说"美人三日厌"，可马缔追到了香具矢。而我呢，保持着暧昧不清的关系，最终和丽美结婚吗？这也太不公平了。

下唇被丽美轻轻咬了一口，西冈的意识回到了眼前。丽美逼近西冈，肆无忌惮地瞪着单眼皮的眼睛凝视他。每天早上，丽美到底是怎么把单眼皮变成双眼皮的呢？具体的操作西冈也不知道。只看到她拿着化妆包躲进盥洗间，走出来的时候便已经是双眼皮了。西冈总觉得那简直是变身魔法。

"她才不是普通的店员吧……"

丽美有些忧郁地喃喃自语。

的确，香具矢并非店员，而是厨师。但丽美似乎并不是那个意思。

“什么意思？”

“因为阿正最近总是没精打采的。那女孩，才不只是个美女店员，你对她……”在沙发上抱膝而坐的丽美，将目光投向西冈的胸口，“你是真心喜欢她吧？”

一语中的。也许丽美敏锐的直觉，正是冤家缘分始终断不了的原因之一。

西冈伸手把丽美揽了过来。

“怎么可能？”西冈故作开朗地说，“我是个随便的人，这点丽美最清楚不过了。”

丽美略微移动身体，透过西冈怀抱的缝隙偷看他的表情。那神情仿佛在说：“我知道你很怯懦。”西冈突然有些愉悦，一脸无辜地朝上看的表情不适合丑女啦，怎么看都是怨恨脸。

“我去洗澡了，”西冈从沙发起身，“你明天上班吗？”

“当然要上班啊。”

“那，早点睡。”

因为还残留着几分醉意，西冈只冲了澡。沐浴着热腾腾的水流，西冈不禁思考起来。

丽美是不是已经察觉到了？或许如她所说，对我而言香具矢并不“只是个美女店员”。当然，我并非动了真心，也没有真的想要追到她。

我只是，不想输给马缔而已。甚至傻乎乎地幻想，如果香具矢选择了我，心中的自卑感定能减轻一些。其实，自己根本就不相信这种情况会发生，也没有为了实现它而尽力争取。

西冈也有自尊。对任何事物都不过于热衷，中规中矩地完成工作却得不到肯定，常常暗中与他人较劲进而焦躁不安。不想让任何人发现自己卑微的一面。

即便丽美深知西冈的没用和散漫，也不想让她看到。

也许就因为无益的自尊心不断膨胀，我才无法做到“不顾一切”吧。

往头皮上涂抹作为预防措施的生发剂，仔细地用毛巾擦干头发之后，西冈走向卧室。丽美躺在小型双人床的一端，已经闭上了眼睛。

钻进空出来的半张床，西冈轻叹了一声。

虽然有些挤，但和丽美一起睡也不坏。关掉床头柜上的台灯。不一会儿，眼睛适应了黑暗，借着从窗帘缝隙洒进来的街灯微光，连天花板的角落都看得一清二楚。夜晚的影子呈现深浅有致的蓝色。

“有什么烦恼的话，可以说出来哦。”

还以为早已入梦的丽美开口了。西冈转头看向身边，丽美依旧闭着眼。

“阿正是在硬撑吧。”

你以为自己是谁啊？摆出一副女朋友的架势，真还把自己当成我妈或是我姐了？无非和你睡过而已。

西冈无名火起，恨不得把这番话一股脑儿地吐出来。尽管如此，注视着丽美合上厚实的眼皮，一脸半梦半醒的表情，西冈又不由自主地抚摸起她的头发来。

“我看起来那么没精打采吗？”

“嗯。”

“那我来证明并非那样？”

“傻——瓜！”

丽美伸直胳膊，想要把西冈从身边推开，害羞地笑起来。西冈也跟着笑了，有些强硬地环抱住丽美的头，把鼻尖埋进她柔软的发丝间，再次叹息。这次的叹息，更接近深呼吸。

就算分别进入梦乡，但至少能听见彼此的心跳。

辞典编辑部里，《玄武学习国语辞典》的修订工作正在进行。

即使一本辞典太平无事地坚持到出版，松本老师也决不松懈。他总是说：“现在才是真正的开始。”只要发现值得注意的措词和年轻人的流行语，他就会制作新的词例收集卡，每天皆是如此。

修订工作起步于讨论新增的词例收集卡，商榷哪些词汇值得录入《玄武学习国语辞典》修订版。

与此相对，原本收录的词条中，也有一些“没有必要收进《玄学》（编辑部内对《玄武学习国语辞典》的略称）”，修订版将会删除这些词条。

删减原本收录的词条，比追加新词更费心思。因为即便是现在极少使用、几乎可算作死语的词汇，也不能断言绝对没人查阅。

经过了数次慎重的会议讨论，最终决定由松本老师和马缔来判断词条的采用和删除。读者反馈的问题和提出的要求也列为讨论对象。读者们实际使用辞典后，提出了不少有益于改善《玄武学习国语辞典》的意见。

编纂辞典并不仅仅靠主编、执笔人和编辑，包括辞典的使用者在内，一本辞典需要汇集众多的智慧和力量，花费漫长的时间，经过反复推敲才逐渐成形。

如果某一页上有追加或删除词条，则需要视具体情况，调整前后项目的字数。每一页的文字排列都必须井然有序，不留多余的空白。最终为了排版美观，甚至需要对前后数页的内容进行细致入微的调整。

另外，查阅某个词时，有可能在释义中看到“请参阅○○词条”的说明，但如果修订版中关键的“○○词条”已经被删除，导致无法参照，便会造成严重影响。由于事关辞典的权威性，所以必须仔细检查，确认没有因修订而产生矛盾或前后不一致。不单松本老师和马缔参与了这项作业，玄武书房内外的校对人都被动员起来，每天埋头于堆积成山的校样中，全神贯注地挥舞着红铅笔。

同时，还必须斟酌新追加词条的例句是否妥当。为此，编辑部请来约二十个专攻国语和文学等人文学科的研究生，协助检查用作例句的引用文是否忠于原文献，作为词条的具体实例是否妥当。

兼职学生的工作时间并不固定。编辑部采用上下班打卡的制度，在不影响学业的前提下，学生们可以自由决定出勤时间。他们坐在编辑部里的大桌子前，不断对照着从书架上取出的资料，反复检查例句。佐佐木负责管理资料和分配工作，荒木则监督学生们的工作状况。

编辑部的氛围突然活跃起来，但西冈却闲得无聊。春天就要调动去广告宣传部了，即使参与修订工作，到头来也只得中途放手，西冈不由得心生顾虑。

闲着也无聊，西冈决定重新布置一下编辑部。给兼职学生们准备的大桌子，就是西冈从副楼一楼的储物室搬到编辑部的。准确地说，西冈一个人搬不动，于是请门卫搭了把手。收拾资料室，把腾出来的书架放到编辑部，用来存放大量的校样，受到编辑部的一致好评。

搬运桌子和书架时，编辑部的门成了一道障碍。虽说大门是装着黄铜把手的老古董，西冈还是果断地决定卸掉它。他从门卫室借来起子，卸下合叶的螺丝，拆掉合叶，露出了历经岁月洗礼却色彩光泽依旧的原木色。

“副楼有多长时间历史了？”

西冈问荒木。

“应该是战后不久建的，有六十多年了吧。”

在这里度过漫长岁月的门，竟被只在辞典编辑部干了五六年的我卸掉，西冈不禁觉得颇为讽刺，暗暗在心中对门说：“抱歉了。”小心翼翼地用包装材料将门裹好，放进储物室。

移除了大门之后，从走廊上就能将编辑部一览而尽，但谁都不介意。西冈以外的人都专注于修订工作，而且往来于副楼走廊的人，除了辞典编辑部的相关人员便别无他人。

几天以来，西冈都饱受腰痛折磨，就连打喷嚏都需要鼓足勇气。起身或是坐下的时候，得首先用两手撑住办公桌，一边调整呼吸，一边给自己鼓劲：“好嘞，加油！轻一点儿。”

看到西冈这副模样，马缔以自己的方式表达了关心。一天早上来到办公室，西冈发现自己的椅子上系着马缔平常用的坐垫。办公桌上放着一小管药膏，并附有一张小纸条，上书“请保重”。

“我这又不是痔疮！”

西冈把药膏扔向马缔的办公桌。但转念一想，马缔也是担心自己，而且说不定以后用得到，于是又把药膏捡了回来，收进抽屉里。

比西冈晚到的马缔，抱着只印花布的新坐垫。

“这是房东阿竹婆婆给我缝的。”

怎么说他好呢……既然要送我坐垫，那就送我只新的呗。虽然心里这么想，西冈还是忍住了吐槽，只道了声谢。

看着西冈坐在自己的旧垫子上，马缔喜形于色。

由于《玄武学习国语辞典》的修订工作，主要任务《大渡海》的编纂迟迟没有进展。即便如此，仍然顺利地印好了样张，松本老师、马缔和荒木聚在一起，你一言我一语地交换意见。

所谓样张，是指以完成的稿件为蓝本，试印出来的样品。已经定稿的稿件还为数不多，所以能用来印刷的也只有寥寥几页。话虽如此，请印刷厂按照预定的尺寸实际打印，更有助于把握页面的整体感觉。

字号、字体、行间距是否恰当，插图的位置是否美观，数字和符号是否简明易懂。

为了编出便于查阅的辞典，需要参考样张，进一步提高功能性和版面美观。

松本老师、马缔和荒木满脸严肃地围着样张，同时不由自主地流露出兴奋。虽然只是极少的一部分，但这还是头一次看到《大渡海》的内容以实物形态呈现出来，三人都喜不自胜。

“如果用黑底白字的数字符号，数字部分容易印模糊，这样不是很难辨认吗？”

“原以为这样会比较醒目，看来行不通啊。我马上重新选其他字体的数字符号。”

“喂，马缔，为什么‘蘑菇’这个项目里会有这么拙劣的插图？画得跟毒蘑菇似的。”

“啊，那是我画的。插图还没做好，所以只是想确认一下位置而已。"

"那也不能把这种图拿出来印啊！"

"哎呀，原来这是蘑菇，我还以为是草莓呢。"

"明明放在'蘑菇'这个项目下的……松本老师好过分。"

这种时候，西冈不禁有种完全置身事外的感觉。

完成《大渡海》还需要花好几年的时间。不，谁也说不准出版社什么时候会节外生枝，彻底叫停编纂工作也并非没有可能。

不管是完成还是中途受挫，那时我已经不在辞典编辑部了。《大渡海》带来的是喜悦也好，是苦痛也罢，我都无法与大家分享。从计划启动的时候就在辞典编辑部的人，分明是我而不是马缔。

苦涩的情感如同温泉一般汩汩涌出，西冈追溯它的源头，最终得出了一个没出息的结论——嫉妒。我分明不如马缔那样痴迷于辞典，却始终驱散不开妒忌的心情。总觉得自己在工作上被抛在了后面，西冈抑制不住内心的焦躁。

在广告宣传部加把劲儿也不晚，西冈这样对自己说。不管马缔怎么努力怎么拼命，也没法在广告宣传部干出个名堂来吧。我就不一样。无论在哪个部门，都有自信能胜任那里的工作。调到广告宣传部之后，我一定做出轰轰烈烈的业绩让他们瞧瞧。

虽然和辞典一样，对广告也没有丝毫兴趣。

究竟要怎样做，才能热衷于某件事呢？才能打心底认定非此不可，并在这条路上勇往直前呢？西冈想不明白。

西冈的周围一直没有像马缔、荒木以及松本老师那样的人。学生时代的朋友都对痴迷这种状态敬而远之。西冈也觉得全身心投入一件事未免有些傻气。西冈的父亲也是上班族，但他到底是否喜欢那份工作，无从得知。单纯因为是工作，才去公司上班。为了家人，为了提高公司的业绩，为了领工资过日子。

理所当然的事。

痴迷于辞典的人超越了西冈的理解范畴。首先，他们究竟有没有把编辞典当作工作来看，就是个谜。自掏腰包购买超出薪水额度的资料；为了调研泡在编辑部里，完全意识不到自己错过了末班电车。

似乎有一种痴狂的热度在他们的体内激荡。话虽如此，可若要问他们是否深爱辞典，西冈又觉得那和爱有些区别。对深爱的事物，真的能够如此冷静且固执地去分析、去研究得透透彻彻吗？那种情感，简直就跟四处打听仇敌消息时的执念一样。

为什么能够如此投入，只能说是个谜，有时甚至觉得看不下去。可是，如果我也拥有为之着迷的东西，就像辞典于马缔一样……西冈忍不住空想起来。

那么，我眼前一定是和现在截然不同、闪耀得令人呼吸困难的世界吧。

邻座的马缔在桌上摊开好几个种类的辞典。也不知他从哪儿找来的放大镜，将数字符号放大，仔细地对比着。一如既往的蓬乱头发，优哉游哉地晃动着。西冈情不自禁地想掸他的脑门。

“我去大学走一趟。”

西冈猛地站起来，腰间闪过一股电流。完全没注意到西冈在强忍呻吟，马缔死盯着放大镜，心不在焉地说了句：“嗯，辛苦鸟。”

“鸟”什么啊“鸟”！

西冈忿然迈出脚步，但因为腰受不了突发动作，最终还是像小偷一样蹑手蹑脚地走出了编辑部。

冬日午后的阳光，淡淡地洒在镶嵌有马赛克的楼梯平台上。

西冈扶着木制的扶手，沿着古旧而厚重的校舍楼梯走上四楼，在研究室门前脱掉了大衣，一手揉了揉腰，一手敲门。

待到房间里回应，西冈推开门，今天要拜访的教授正吃着便当。

“是西冈啊。”

专攻日本中世文学的教授匆忙用一张大方巾包起便当盒子。

“真不好意思，打扰您吃饭了。”

“没事没事，正好吃完了。请坐。”

在教授的邀请下，西冈从书堆里拖出一把椅子坐了下来。

“是爱妻便当吗？”

“哎呀呀，算是吧，”教授有些尴尬地摸了下灰白的头顶，“不好意思，稿子还没写好呢。”

“麻烦您在截稿日之前提交。”

郑重嘱咐之后，西冈端正坐姿，继续说："今天我有事向老师汇报。其实，我明年要调去广告宣传部，之后将由辞典编辑部的其他同事跟老师联络。"

教授皱了皱眉，朝着西冈探出身子。他的表情像是在担忧，又像是发现了内情而好奇不已。

"难不成那个传闻是真的？"

"传闻？"

"玄武书房是不是对编新辞典没什么干劲啊？所以才减少编辑部的人手。"

"没有的事，"西冈笑着回答，"如果真是那样，就不会拜托老师撰稿了。"

"那就好，"教授没再追问，但不忘补充一句，"虽然这么说有些功利，但是辞典的稿子实在是既费力又没什么稿费。当然，辞典是非常重要的工具，我也会做到尽善尽美，但是我这边又是会议又是学会的，忙得不可开交。如果这只是编辑部贸然做出的主张，我会很困扰哦。"

"中世部分只能拜托老师您了。等交接工作的时候，我会带着新的负责人过来问候，还请您多多关照。"

郑重其事地低下头，西冈在心里发起牢骚来。所谓大学教授，无非分为两类——要么是不谙世事的书呆子，要么就是消息灵通、善于耍政治手腕的老狐狸。

要论打听消息的能力，西冈可不输给别人。他很清楚教授刚才吃的并不是爱妻便当，而是情人便当。

关键时刻即使以此威胁也要拿到稿件。西冈做出了新的决定。

都怪那个外表绅士、骨子里却唯利是图的教授，西冈心情糟透了，回家后竟然泡在浴缸里就睡了过去。清醒过来的时候，快要凉透的洗澡水刚刚没过鼻子。

“我泡了那么久，你就不觉得奇怪吗？”西冈向待在客厅的丽美抱怨，“我差点就淹死了！”

“哎呀呀，好险！对不起啦，”丽美的眼睛死死盯着电视，说道，“我也觉得有点奇怪啦，不过实在忙不过来就没去顾着你咯。”

电视屏幕上，搞笑艺人正满腔热情地谈论着自己喜欢的家电产品。西冈一直都觉得这档节目很奇妙，但又忍不住看起来。他们激动地讲述着自己中意的人或物品，那模样既烦人又滑稽，却并不令人生厌。原本只是当作消遣，而看到最后，却不由得心生佩服，对节目也有了兴趣。也许，与马缔他们近距离接触后的心情便类似于此。

节目结束后，西冈和丽美坐在沙发上喝着热茶。

“你觉得辞典怎么样？”

西冈随口问道。就像在空出来的地方摆上观赏植物一样，只是随便找了个话题。

“什么怎么样？”

“哎，就是问你喜欢什么样的辞典啦，或是学生时代用的是什么辞典？”

“啥？！”仿佛突然听到从灵界传来的声音一般，丽美瞪大了眼睛，“辞典也有喜好之分？”

对啊，说来也是，这才是正常的反应嘛。

不知不觉间，西冈也染上了辞典编辑部的颜色。虽然对这样的自己有一丝不安，但想到马缔他们花费好几个小时谈论心爱的辞典，那才叫不合常情，便又放心下来。

“这个嘛，对于一部分人来说是有的。”

“呵，还有这种事。用过的辞典叫什么名字，我早就不记得了，”丽美把茶杯搁到茶几上，在沙发上抱膝而坐，“不过，说起来我初中的时候……”

“嗯。”

“英语教科书上有个生词‘fish & chips’，当时不懂是什么意思。”

“对啊，你说过你出生在连个小酒馆都没有的偏僻乡下呢。”

“你真烦！我那时还是初中生，就算有酒馆也不能去吧！”轻轻踹向西冈的膝盖，丽美继续说，“总之，我拿辞典查了‘fish & chips’，结果解释里只是用片假名写着它的音译外来语，我还是不知道这个词的意思。”

西冈扑哧一声笑了出来。

“这算什么解释啊！”

“对吧！实在太糟糕了，”丽美也笑了，以臀部为支点前后摇晃着身体，“阿正，要编一本好辞典哦。”

一股热流以让人感到疼痛的速度，缓缓涌上西冈的喉头。

无法离开丽美，一直藕断丝连直至现在，是因为喜欢她。有时她比这世上任何人都令我气恼，可是无论如何都无法放手，也不愿放手。我喜欢丽美，虽然是个丑女却令人爱怜。

西冈本想开口坦诚内心，但传到耳中的沙哑声音，却表达着完全不同的意思。

“不可能了。”

岂止是喉咙，连眼睑都开始发烫了。西冈埋下头说：“我就要离开辞典编辑部，调去广告宣传部了。”

我竟会说这种泄气话，真是好丢人，好不甘心！懊恼和窝囊仿佛冰冷又坚硬的小石头，深深地嵌入心中。但现在总算能将这些积郁一吐为快了。

丽美一动不动地沉默了片刻，随后一语不发地将西冈的头搂到胸前。

动作温柔得宛如要掬起掉落水面的漂亮花儿一般。

吃情人便当的教授发来稿件，是在二月末。西冈点开电子邮件的附件，读过原稿后叹了口气：“这可伤脑筋了。”

教授执笔的部分是与日本中世文学相关的词汇，以及有关代表性作家和作品的百科条目。尽管委托的时候就附上了《撰稿要领》和文稿范例，然而教授发来的稿件不仅超出了规定字数，文章也掺杂了过多的个人感情。

就拿“西行”这个词条为例，教授这样写道：

【西行】（1118—1190）活跃于平安时代末期至镰仓时代初期的歌人、僧侣。俗名佐藤义清。曾是侍奉鸟羽上皇的宫廷侍卫，二十三岁之际心有所悟，毅然抛下洒泪挽留的幼子，削发出家。之后云游诸国，吟咏多首和歌。如“愿在春日花下死，如月之夜月圆时”，至今依然脍炙人口。作为日本人，无论谁都会感动于西行所描写的情景，并希望自己也能如此。西行巧妙地吟咏自然与内心，创立了以无常观为底蕴的独特歌风。卒于河内的弘川寺。

我也是日本人，可是教授列举的著名和歌并未带给我什么感动。西冈带着困惑，姑且把稿件打印了出来。辞典文稿讲究准确，像这样轻易断言“无论谁都会感动”妥当吗？若是和我一样未受感动的人投诉起来要怎么办？

或许，教授当时心想，二月也到头了啊，二月又称如月，嗯，说起来玄武书房委托我给辞典写稿呢，那就从“西行”这个词条开始吧。然后大笔一挥。这份稿子从头到尾流露出敷衍了事的气息，让西冈非常气愤。

“马缔，你觉得这稿子怎样？”

西冈把打印出来的文稿递给正用小刀削着红铅笔的马缔。马缔应了句："那就拜读了。"毕恭毕敬地把稿纸竖在面前读了起来，如同朗读国语教科书的新生。

削到一半的红铅笔躺在马缔的桌子上。刚才见他一脸认真地拿小刀削着，可铅笔芯依旧钝钝的，笔杆部分也被削得凹凸不平，马缔似乎只是拿着小刀胡乱切削而已。这家伙手真拙，西冈边想边替马缔削起红铅笔来。

专心阅读着文稿的马缔身边，西冈默默地挥动着小刀。时值上午，兼职学生还没来上班，编辑部里只有西冈和马缔两人，鸦雀无声。

削去干巴巴的木杆，把红色笔芯削得尖尖的。西冈很喜欢用小刀或美工刀削铅笔，让人联想到骨髓从骨头里溢出来的光景，感觉到秘密和生命力倾泻而出。记得小学的时候，他经常用刚刚削好、还散发着木香的铅笔，在自由簿，即内页空白的笔记本上描画机器人和怪盗。总觉得手工削出来的铅笔能画得更好，所以他从来不用卷笔刀。

真怀念啊。时隔二十年，居然想起了"自由簿"这个词。西冈举起红铅笔，确认了一下削好的笔芯，尖端细得仿佛要融化在空气中一样。西冈对自己削铅笔的技术没有退步十分满意，同时又想，马缔还是买个卷笔刀比较好，我调走以后，马缔难保不会用小刀削掉自己的手指，太令人担心了。

"嗯……"

马缔哼哼着把稿子放到桌上，左手挠着头发，右手在桌上游走，似乎在寻找什么。西冈把红铅笔塞进马缔手里，于是他抬起头来。

“谢谢！西冈，这篇文稿看来需要大幅修改才行。”

“果然是这样。”

“执笔的教授同意我们修订稿子吗？”

“当然了。委托的时候就跟他说过‘我方可能会做修改’。不过，那教授挺难缠的，”西冈盯着文稿说，“保险起见，还是告诉他具体要怎么修改比较好。”

马缔点头赞同，用红铅笔修改起文稿来。

“首先，冗赘的语句太多。辞典的文稿不需要执笔者的主观意见，只需列举事实。其次，教授的稿子中没有出现旧假名，引用的和歌也都用现代假名标注，没有忠实于原典。”

“不说别的，这首和歌有必要引用吗？”

“这点需要进一步商榷，现阶段姑且省略吧。”

【西行】（1118—1190）平安末期·镰仓初期的歌人、僧侣。法名圆位，俗名佐藤义清。

“西行这个名字，不是他当了和尚之后才取的吗？”

“西行是法号，作为僧侣，他的名字叫作圆位。”

“呵。不过，这样一改文章就简洁多了。接下来要怎么改？‘心有所悟……削发出家’这句，槽点也太多了。”

“对啊。关于西行出家的理由也是众说纷纭，有说是因朋友的离世而感到世事无常，也有说是因为失恋，一直没有定论。”

“当然了。我觉得就算是本人，也说不清自己为什么要出家吧。”

听到西冈的话，马缔淡然一笑。

“人的内心，有时对自己而言都是个谜。”

“还有那句‘毅然抛下洒泪挽留的幼子’，我真想问问到底有谁看到了。”

“这部分写得太含糊了，全部删去吧。其余部分还需要进一步推敲，目前改成这样如何？”

曾作为宫廷侍卫侍奉鸟羽上皇，二十三岁出家。之后云游诸国，吟咏自然与心境，创立了独特的歌风。《新古今和歌集》收录其九十四首和歌，居收录数量之首。著有个人和歌集《山家集》等。卒于河内的弘川寺。

的确，这样就颇有辞典的味道了。看着紧凑了许多的修正稿，西冈满心佩服，但马缔似乎还不满意。

“只是，对辞典而言，‘西行’这个词条仅有人物说明还远远不够。”

“除了人名以外还有其他的意思吗？”

“记得还有‘不死之身’的意思。”

“为什么？”

“据说‘旅途中的西行眺望富士山’曾经作为绘画题材风靡一时。由西行远眺富士山的‘富士见’[①]一词衍生出了‘西行即不死之身’这个说法。”

“原来是大叔式俏皮话啊。”

“是文字游戏啦。”

西冈感到无力。为什么会有人争先恐后地画“远眺富士山的西行”呢？实在让人无法理解。画和尚有什么意思？

“另外还有……”

“还有别的意思？”

“是的。由于西行云游诸国，所以也用‘西行’一词表现‘周游四方的人’以及‘流浪者’。”

西冈从书架上抽出《日本国语大辞典》的其中一册，找到“西行”这个词条。一如马缔所说，释义中不仅有对人名的解说，还包括了从西行这个人物派生出来的各种含义。这便是西行法师为人们所熟悉，直至今日也依然与日常生活息息相关的证明吧。

“其他还有什么意思？”

西冈故意试探马缔，一边偷偷翻看《日本国语大辞典》一边继续发问。

“记得田螺也被叫作‘西行’吧；能乐里有一出剧名叫《西行

---

① 富士见与不死之身的读音相同，都读作 fujimi。

樱》；还有，把斗笠扣在后脑勺上的戴法称为‘西行笠’；把包袱斜着背在身后称为‘西行包’。此外，可能还需加上‘西行忌’的解释。”

不光查了《日本国语大辞典》，西冈还搬出《广辞苑》和《大辞林》来验证马缔的回答。这已经超越“厉害”的等级，西冈不由得有几分毛骨悚然。

“……难不成，这些辞典的内容你全都记得？”

“要是真能记住就好了，”马缔一脸抱歉地蜷缩起身体，“另外，考虑到版面，没法把‘西行’的所有解释都收录进去。西冈你认为《大渡海》里选择哪些义项比较好呢？”

“‘周游四方的人、流浪者’和‘不死之身’。”

“……为什么呢？”马缔平静地问。

西冈抱起双臂仰望天花板。纯粹是出于直觉的回答，被他这么一问反而为难起来。

“硬要说的话，是因为现在已经没什么人用斗笠和包袱皮了。假设我斜背着包袱在路上走，突然遇到朋友，他对我说：‘你这是西行包的背法呀。’”

“我觉得出现这种状况的几率连万分之一都没有。”

“毕竟是假设嘛。然后听了朋友的话，我马上就能明白过来什么叫‘西行包’。我们再假设这种情况：一天，公司发来通知‘从明天开始，请本公司员工背西行包上班’。”

“这种情况发生的概率连亿分之一都不到吧。”

“我都说了只是假设嘛！收到通知，我一定会问：‘什么叫西行包呢？’这时，只要加以说明，我马上就能理解。也就是说，结合上下文很容易推断出‘西行笠’和‘西行包’的意思。如果有懂得意思的人加以说明，也很容易想象。”

“原来如此。也就是说，特意翻辞典查‘西行笠’和‘西行包’的必要性不高，对吧？”

“对。《西行樱》也是，听到或看到这个词就联想到能乐剧目的概率很高。因为一般不会在没有任何铺陈的情况下，突兀地谈到或写到《西行樱》。只要能推断出这个词与能乐有关，之后查查《能乐事典》一类的书籍就能解决。”

“‘西行忌’也很容易从字面上猜到是指西行的忌日。不过，将田螺称为‘西行’的情况又如何呢？这个很难推测出意思。”

“首先，现代人才不会把田螺叫作‘西行’。如果真有人这么叫，只需要问他一句：‘你说啥？’不就得了。”

“真是简单粗暴。”

马缔似乎很愉快，西冈也毫无顾忌地发表着他的见解。

“不过啊，我觉得‘西行’有‘不死之身’这层意思有必要写进辞典，连带‘眺望富士山的西行’这个说明一起。比如，在文章中读到‘我乃是西行，哈哈哈哈’这样的句子，如果不知道‘西行即不死之身’，就完全看不懂。”

“那你觉得应该收录‘周游四方的人、流浪者’这个义项也是出于同样的理由吗？”

“当然也有那个因素……”西冈稍稍犹豫片刻，补充说，“你想象一下，假如一个流浪汉，在图书馆之类的地方随手翻开辞典，发现‘西行’这个词条里写着‘（由西行云游诸国而衍生）周游四方的人、流浪者’这样的释义，会怎么想？他一定会觉得备受鼓舞，‘原来，西行法师也和我一样。原来，古代也有一心想要浪迹天涯的人啊’。”

西冈的脸颊感受到炽热的视线，低头看向邻桌。马缔不知何时转动了椅子，正面朝向西冈。

“我从来没这样想过。”马缔的语调带着热度。

西冈忽然害臊起来，慌忙补充道：“不过，这太不靠谱，不能作为辞典选录词条的标准啦。”

“不对，”马缔保持着认真的表情，摇了摇头，“西冈，对于你要调走这件事，我真的打从心底感到遗憾。为了让《大渡海》成为有生命力的辞典，西冈对于辞典编辑部是不可或缺的人才。”

“笨——蛋！”

西冈毫不客气地回了一句，从马缔手中抢过稿子，参照红铅笔标注的修正草案，开始给教授发邮件。

西冈死盯着电脑屏幕，尽量避免眨眼，生怕一放松眼泪就会滚落下来。

好高兴。这番话如果出自马缔以外的人，只会当作同情或言不由衷的安慰，听听就罢。西冈明白，马缔这番话是真情实感。

西冈一直觉得马缔是辞典天才，但笨拙又迟钝，是个和自己完全没有共通之处的怪胎。即使现在也这么认为。就算学生时代和马缔在同一个班，也绝对不可能成为朋友。

而正是这样的马缔说出的那番话才拯救了西冈。笨手笨脚，又不会撒谎、不会溜须拍马，除了对辞典一本正经以外别无所长。正是这样的马缔，他的一言一语才让人信服。

大家需要我。我绝不是“辞典编辑部的无用之人”。

认识到这个事实，西冈喜出望外，自豪感涌上心头。

马缔做梦也没想到自己拯救了西冈。他转身面向桌子，一边用左手挠着头发，一边用红铅笔修改起其他稿件来。除了率直地说出心里话，马缔不懂得其他的表达方式。对他来讲，刚才的一席话也没什么好害臊的。但西冈就不同了，开心的同时又很难为情，不禁闹起别扭来。

马缔实在是所向无敌。

——西冈深切地体会到这点。

收到教授的回信，西冈来到大学的研究室。不出所料，教授又在吃情人便当。

“西冈啊，到底怎么回事？”

“您是指什么呢？”

西冈站在门口，既恭敬又慎重地问道。

“昨天你发给我的邮件呀。竟然擅自改动我的文稿，到底怎么回事？”

“委托您撰稿的时候，我应该说明过可能会进行修改……”

“有吗？”

当然啦！西冈彬彬有礼地微笑着，沉默不语。

“就算有这回事，但你也没说会那么大幅度地改动啊。”

既然不想被改动，就给我认真点写啊！写成那样的稿子怎么可能采用？你没查过辞典吗，死老头！西冈保持着微笑，开口说道：

“实在是非常抱歉。但是，辞典必须统一文体……所以还希望您能谅解。”

“那份修订稿是西冈你写的吗？”

“不是……”西冈略微犹豫，但还是决定以实相告，“是我请编辑部的同事马缔帮忙看的。”

“那，干脆让那个叫‘认真’的包揽所有稿子好了，我就此退出。改成那样，根本就不能算是我写的稿子了。”

“老师！”西冈不由自主地快步站到教授身边，“请您千万别这么说！马缔是个值得信赖的人。我调走之后，就由马缔全心全意地与老师联络。这次多亏了老师您执笔，我们只需要统一下文体就行了，对此马缔和我都衷心感谢。”

实际上，与其说是修改文体，不如说基本重写了全文。但和马缔不同，若是情况所需，西冈能毫不在乎地讲出连篇的谎话。

“悄悄告诉您，其他老师的稿子基本都得大刀阔斧地修正呢。”

西冈故意压低声音给老师戴高帽子，教授的态度稍稍软化了一些。

“是吗？”斜眼瞟向保持着低姿态的西冈，教授用大方巾包好情人便当的盒子，“就算是这样，自己的稿子被改动，心里总是不舒服。”

你把自己当成大文豪吗？虽然心里这样想着，西冈却俨然化身为微笑的雕塑，默默承受教授的不满。倘若教授真的退出就伤脑筋了。

辞典并不是光靠豪言壮语就能堆砌起来的。既然是商品，作为品质保障的名人效应必不可少。封面上以主编的身份打出松本老师的名号，就是品质的证明。松本老师的的确确参与着《大渡海》的编纂，但有些主编仅借出自己的名气，实际上根本就不与编纂工作沾边。

文稿的执笔者也是从各专业领域中严格挑选出的、有信誉的学者。因为执笔者的名字都刊登在辞典的卷末，懂行的人一看就能明白人选是否恰当。执笔者的阵容也能反映出辞典的精准度和格调。

至于眼前这位教授，看来是选错了人，西冈闷闷地想。话虽如此，但教授身为中世文学权威也是不争的事实，能利用他的名气就再好不过了。提高文稿准确度的工作交给马缔一定错不了。

“也罢，如果能诚恳地向我道歉，我也不是不愿意接受修订，”教授啜了一口餐后茶，“虽然不至于要求你下跪赔罪……”

“下跪，是吗？”

“哎呀呀，我这不是说不会要求到那个地步吗。”

教授的嘴角浮起无法抑制的笑意。明知以西冈的立场无法表现得太强硬，教授却故意百般刁难，还乐在其中。

性格真恶劣。西冈看了一眼尘埃遍布的地板，今天的西装可是刚从干洗店取回来的。不过也罢，只要教授能消气，跪多少次都无所谓。

西冈无奈地正想屈膝，牵动肌肉运动的瞬间，理性的指令仿若一道闪电贯穿了身体，西冈顿住了。

且慢！难道《大渡海》是如此无足轻重的辞典吗？

丝毫不带感情的下跪究竟有什么意义？马缔、荒木和松本老师倾注灵魂编纂的辞典，才不会被我是否下跪左右。当然也不是拿来让教授发泄压力的出气筒。

谁要跪啊！简直愚蠢透顶。我可没有哄教授开心的义务。

西冈打消了下跪的念头，伸出一只手搭在教授的桌子上，挨着便当盒，略微弯下腰，将脸凑到教授耳边。

“老师，您真会开玩笑。”

“说、说什么呢！”

西冈突然靠近，让教授不由得有几分畏缩，连人带椅子向后退去。而西冈却不给他逃走的机会，伸出另一只手扶住椅子的靠背，把教授固定在了原位。

“我可清楚得很，老师您才不是那种试探对方诚意的人。故意暗示我下跪，其实是在开玩笑，对吧？”

似乎察觉到了空气中的火药味，教授含含糊糊地嘟哝道："对啊……"

"不过呢，我不喜欢这类玩笑。我从来都不愿意去试探别人。"试探马缔关于西行的知识这件事，现在姑且不提。西冈尽量用饱含威慑力的嗓音继续说道："打个比方，假设老师您有个情人。"

"什么？"

教授从椅子上弹了起来。

"假设而已啦。"

抓住别人的把柄百般刁难，实在令人愉悦。沉睡中的嗜虐心受到刺激，西冈扬起嘴角，露出十足的坏笑。

"您在紧张什么？"西冈抬起搭在桌上的手，若无其事地触碰着便当盒，"我知道您有情人。她究竟是谁，是怎样把老师服侍得妥妥帖帖的，所有的一切，我都一清二楚。"

"为什么……"

"编辞典需要许许多多的人出力，为了统率众人，收集信息是不可或缺的一环。"

西冈并不是漫无目的地跑来大学闲逛。他拜访各所大学的教授时，也顺道去助手们聚集的休息室露面，而且常常带着点心前去犒劳。这便是他努力的成果。

"不过，我不会拿这当把柄来要挟老师，要您承认修订稿。我和老师一样，深知什么叫品格，"西冈把手从便当盒上拿开，挺直脊背，彬彬有礼地问道，"不知能否得到您的谅解呢？"

教授一语不发地不住点头。

“非常感谢。那么，我们就照这个修订方案继续了。”

已经不会再来这里了。西冈转身，绕开堆积成山的书本，向研究室门口走去。抓住门把手的时候，他突然想到什么，回头说道：

“老师。”

教授闻声，仿佛可怜巴巴的小动物一样缩成一团，回头看向西冈。

“我们编辑部的马缔一定能编出一本经久不衰、值得信赖的辞典。老师的名字会刊登在辞典的执笔者一览里。虽然，实际上写稿子的是马缔。”

教授到底咽不下这口气。尽管被戳穿了事实而脸色煞白，声音也因为受到冒犯而颤抖不已，但他好歹挤出一句话：

“你到底想说什么？”

“在名与实之间，老师您选择了名，这是非常明智的判断。那么我就此告辞。”

西冈反手关上门，迈步走在昏暗的走廊上。虽然自己也觉得说得有些过头，但走着走着，笑意却油然而生。

啊，快哉快哉！就算之后教授闹上门也好，叫嚣要退出也好，鬼才管呢！

《大渡海》这本辞典，才不会因为这种事情动摇。着手编纂的马缔等人的决心，比地心更坚实，比岩浆更炽热，即使和教授之间出现问题，他们也一定不为所动，向着完成《大渡海》而勇往直前。

反正我春天就要调走了。如果出现问题，只能拜托马缔来处理了。实在抱歉，不过加油吧，马缔。

一边不负责地想着，西冈一边在心里暗暗决定。

比起名，我要选择实。

荒木常说："辞典是团队协作的结晶。"这句话的意义，我到现在才终于真正懂了。

我不会像教授那样，对工作敷衍了事，在辞典上徒留虚名。无论我去了哪个部门，也要为了《大渡海》而竭尽所能。留不留名无所谓。即使我在编辑部待过的痕迹被抹除，即使有一天从马缔嘴里听到："西冈？说起来是有过这样一个人。"我也不在乎。

重要的是编出一本好辞典。作为公司的同事，使出浑身力量去支持这群为编纂辞典赌上一切的人。

西冈走下楼梯，出了研究大楼。冬日午后乳白色的阳光洒在校园里。树叶已经掉光的银杏枝条仿佛裂纹，把天空分割成一块一块。

用热情去回报他人的热情。

西冈一直因为害臊而回避至今，一旦下定决心去做，竟超乎想象地令人心情舒畅，胸中欢欣雀跃。

回到编辑部，向马缔报告了与教授之间发生的不愉快。马缔停下手中的工作，听完事情的来龙去脉，向西冈投去尊敬的目光。

“西冈你真厉害！简直就像在恐吓一样。”

马缔的表情和发言之间的落差让西冈有些不知所措。

“呃……这就是你对这件事的感想？”

“是。换作我的话，恐怕不是惊慌失措就是老老实实下跪赔罪了。不管怎样，我的反应都只会正中教授下怀。”

马缔不具备讽刺或挖苦的技能，看来是发自内心地称赞着西冈。

“我说啊，马缔。”

“是。”

西冈将转椅回旋了九十度，和面朝自己的马缔促膝相向。转动时，系在椅子上的坐垫有些错位，西冈出乎意料地神经质，连忙起身调整坐垫。马缔则一直乖乖地等着西冈发话。

总算在坐垫上安稳下来，西冈真切地说：

“我是想告诉你，因为我的应对不够妥当，教授可能会来抗议。”

“应该没关系的，”马缔的表情仿佛在说，原来你在担心这种小事，“正如西冈所说，比起实绩，教授会选择名誉。”

“如果他坚持要退出怎么办？”

“那就让他退出好了。”

马缔的口吻果断得近乎冷漠，西冈不由得吃了一惊。马缔似乎也意识到自己的语气太过尖锐，苦笑着补充：

“对不起。我总是不经意间就会要求对方和我一样或者更认真，这是我的坏毛病。”

不。西冈有些含糊地摇了摇头。一旦对某件事倾注心力，期望值必然会随之升高。就像所有人都会期待自己所爱的人有所回应。

同时，西冈也意识到在马缔心中涌动的感情，不管是密度还是浓度都非同一般。持续不断地回应马缔的期待和要求，是件相当困难的事。

你呀，看起来如此单薄，可灵魂的卡路里却高得吓人。西冈轻轻叹了口气。要和这样的马缔交往，香具矢也真是够呛。将来如果有新人进到辞典编辑部，一定也会吃不少苦头吧。

放松点儿吧，马缔。否则有一天，你周围的人会被压得喘不过气来。过度的期待和要求是一剂毒药。连你自己也会因为得不到回应而筋疲力尽，最后因疲惫而放弃，从此不依靠任何人，孤身奋战。

西冈陷入沉思的当儿，下班时间到了。马缔一反平日的慢条斯理，迅速收拾东西准备下班。

“怎么，你这就回去了？”

“听说店里第一次让香具矢单独掌厨一道炖菜，所以想去‘梅实’吃吃看，”马缔满面春风地把一大叠资料和稿件塞进包里，“西冈也一起去如何？”

被马缔那把爱的热火炙烤一下，炖菜都会变成黑炭吧。

“我就免了。”

西冈举起一只手挥了挥，轰走马缔。马缔对全体兼职学生说了句：“今天我就先行告辞了。”然后像会点头的红木牛似的，规规矩矩地一一鞠躬告辞。

马缔终于走出编辑部。西冈面对办公桌，决定制作交接用的资料。

不知何时才会有接替西冈的人调入辞典编辑部，搞不好正式员工只有马缔一人的状态会一直持续下去。

不过，保险起见，伴随着兼职学生们专注工作时的细微响动，西冈振奋起精神。再遇到今天这样教授无理取闹的情况，马缔一定应付不来，绝对需要一位在对外交涉方面协助马缔的人才。为了将来加入编辑部的新成员，西冈想把自己掌握的一切全盘托出，留存在编辑部。

西冈把迄今为止收集到的所有情报——众多执笔者的怪癖、嗜好、弱点、在工作单位的立场以及私生活，一一输入电脑。尽量详细地模拟可能会发生的问题，以及应当采取的处理方式，并记录下来。

将写好的文件打印出来，收进蓝色封面的文件夹里。为避免流传出去造成麻烦，西冈删除了电脑里的记录，用油性马克笔在文件夹上写下几个大字：

机密　仅供辞典编辑部内部阅览

倒是做出了一份颇有看头的档案，不过总觉得差了点什么。

西冈思考片刻，突然灵光一闪，拉开抽屉，从里面取出了马缔写的情书。马缔来讨建议的时候，精明的西冈就复印了一份存档。

西冈凝视着这部十五页信笺纸的大作，无论读多少次都令人捧腹。

一个兼职学生诧异地望着猛烈抖动着肩膀的西冈。西冈慌忙绷紧面部肌肉，思考起该把情书藏匿在什么地方。

书架无疑是最适合的地方，但若是夹在书本之间，很快就会被发现。装出查找书本的样子，西冈仔细斟酌着藏匿点。最后，他找到摆放《书信写作指南》《红白喜事常识》等杂学类书籍的书架，决定把情书贴到书立[①]下面。

藏好情书，回到自己的座位，西冈在文件夹的透明袋里追加了一页新的内容。纸面上这样写道：

编辞典累坏了！想要尽情放松！身心俱疲的编辑部成员，请速速联络西冈正志。masanishi@genbushobo.co.jp

大功告成！西冈把机密文件放到书架上醒目的地方。

---

① 用来支撑书籍平稳站立的物品。

伸了个懒腰，拿起提包。不知不觉时针已经走过晚上九点，学生们也走得差不多了，西冈向剩下的两个学生招呼道：

“今天就到这里为止，回家路上顺便请你们吃饭吧。”

“太好了！我想吃中餐。”

“我觉得烤肉比较好。”

两个男学生兴高采烈地打卡下班。

“你们想把我吃破产吗？客气点儿啊！要么拉面，要么牛肉盖饭。”

“呃……”

“抠门！”

学生们嘴上抱怨着，脸上却绽放出笑容。西冈检查过燃气和电源后，熄掉辞典编辑部的灯。编辑部的大门已经被卸掉，只需要锁好隔壁资料室的门。

大量词汇正等待着人们整理归类，它们的气息在夜晚的走廊里流动。

“编辞典的工作，做起来开心吗？”

西冈边发问，边和学生们并肩走向副楼的出口。

“很开心。对吧？”

“嗯。刚开始还觉得这工作太不起眼，可一旦做起来就会忘记时间。”

是啊，我也一样，西冈默默地在心里赞同。

生命有限的人类，在浩瀚深邃的语言之海上齐心协力，划桨前行。虽然忐忑不安，却也十分快乐。不想停下，为了更加迫近真理，希望一直乘着这艘船航行下去。

学生们刚走到大路上，就开始猜起拳来，以决定吃拉面还是牛肉盖饭。西冈笑盈盈地注视着胜负的走向。

忽然，他心中萌生了一个念头——向丽美求婚吧。

虽然完全无法预测丽美会怎么想、怎么回应，不管怎样，他决定不再回避自己心中的热情。

西冈不想再自欺欺人下去了。其实，他老早就觉得没必要和丽美以外的女人睡，今后这个想法恐怕也不会改变，想把这份心情传达给她。

晚饭决定吃拉面。虽然带着大蒜味的口气求婚太煞风景，不过事到如今，丽美也不会在意。西冈马上掏出手机发了短信。

工作辛苦了。现在在哪儿？如果在我家，别走等我回来。如果在你家，我可以过去找你吗？吃完晚饭马上就过去。

走到神保町的十字路口时，口袋里的手机震动着告知收到回信。

你也辛苦了。今天我在自己家。不用急，欢迎随时过来。我等你。

西冈脸上泛起微笑，读了两遍短信。没有一个表情符号。丽美的文字一如既往，出乎意料地硬派。即便如此，耳边仿佛响起了丽美的声音，一股暖流随之传来。

文字和词汇真是不可思议。

“好嘞！为了造势，你们可以加个鸡蛋哦。”

“怎么突然大方了？给什么造势啊？”

“西冈哥，可以加份叉烧吗？”

“批准。”

把手机放回兜里，西冈催促着学生们，意气风发地钻过拉面店的布帘。

四

进入玄武书房三年，岸边绿却是第一次踏进坐落在角落的副楼。刚进楼里，就连打了三个喷嚏。

岸边对气温和灰尘都过敏，如果体感温度突然变化，或是进入打扫得不够仔细的房间，就会不停地打喷嚏和流鼻涕。玄武书房的副楼里充满了过敏源。推开玄关的厚重木门，昏暗的走廊里充满了冷飕飕的空气，还充斥着图书馆特有的陈旧纸张的霉味。

与现代感十足的主楼简直是两个世界。真的是这里没错吗？岸边有些不安。并非不知道副楼的存在，但她一直以为这里只是用来堆放杂物的库房，因为这栋木结构的西式建筑实在是太过古旧了。

然而实际进到里面，却发现副楼虽然古旧，却洋溢着生命力。不管是木地板，还是走廊尽头的楼梯扶手，都变成了深沉的焦糖色。墙壁以白色灰浆粉刷，高高的天花板呈现线条流畅的拱形结构。岸边那敏感的鼻子还在隐隐发痒，但走廊里却不见棉絮状的灰尘，看得出每天都有人往来于此。

“不好意思，请问有人吗？”

她朝着走廊的一端轻呼。

“什么事？”

突然从身边传来声音，岸边吓了一跳，战战兢兢地往旁边看去。只见入口处的墙上有扇小窗，一个门卫模样的大叔从窗口探出脸来。由于光线昏暗，外加心情紧张，方才完全没有注意到。窗户玻璃上贴着一张已经变色的纸，上有“传达室”三个手写大字。窗户那头是一间小屋子，看样子大叔正吹着电风扇看电视。

主楼的门厅里有金属制的接待台，笑容满面的女接待员迎接着到访的客人。真是天壤之别。岸边在心里暗自感叹，正要开口向门卫自报家门。

“啊，”还没来得及发出声音，大叔便漫不经心地挥了挥右手，“二楼，二楼。”

关上窗户，大叔在小屋里继续看起电视来。

岸边决定照大叔所说去二楼。她的脚步声回荡在走廊里。若是走在本馆的地砖上，八厘米高跟鞋发出的声音还算清脆悦耳。而副楼的木地板却只能发出闷响，像小鸟在啄食一样。

每当岸边移动重心，楼梯就会吱嘎作响。难道是我胖了？腰围倒是没有变，不过这段时间因为压力太大，吃了好多甜食。岸边踮起脚尖，小心翼翼地拾级而上。

阳光透过走廊的窗户洒进来，二楼看起来比一楼稍显明亮。好几扇门一字排开，仅有一扇敞开着，岸边朝着那扇门走去。

靠近了一看，才发现门并不是开着，而是整个被卸掉了。室内书架林立，所有的办公桌都被堆成山的纸张埋没了。岸边又连续打了三个喷嚏，犹豫着不敢进去。因为不用细看也知道这里简直是尘埃的巢穴，而且从刚才开始就一直听到奇怪的呻吟。

"啊——唔——啊——唔！"

那声音十分低沉，持续不断。这里难道养着一只即将分娩的老虎吗？

"哎呀，总算等到你了。"

背后传来招呼声，战战兢兢地窥视着室内的岸边吓得尖叫一声。回头一看，刚才还空荡荡的走廊里站着个女人，约摸五十多岁，瘦瘦的，戴着眼镜，总觉得有些神经质。

"那个，我……"

"是是，我知道。"

岸边的自我介绍又一次被打断。女人径直从岸边身旁走过，进入房间，穿行在纸山之间。

"主任！马缔主任！"

仿佛在回应女人的呼声一般，呻吟停止了。片刻之后，房间最里面的纸山轰然倒塌，一个男人的身影映入眼帘。

"是，我在这里。怎么了，佐佐木女士？"

站起身的男人脸上，残留着纸片的印记，看样子刚才趴在桌上睡着了。这人同样体型消瘦，与名叫佐佐木的女人不同，看上去有些邋遢。衬衫皱皱巴巴，头发好像是天然卷，既茂密又蓬乱。

这个人大约四十岁左右吧，岸边心想。他那头像是经历了爆炸的乱发里，星星点点地混杂着白发。不过，这个年纪却如此不修边幅，说不过去吧。就因为这种家伙当主任，玄武书房的辞典编辑部才会被职员们在背后说成“光晓得吃纸的蛀虫”。

这男人身上没有丝毫主任的威严。他伸手在桌上搜寻了片刻，好不容易找到了眼镜戴上。这时他才注意到岸边，又伸手在桌子上搜寻起来。

到底在干吗啊？岸边不知道是该主动问候呢，还是不去干扰他比较好，只好向佐佐木投去询问的目光。佐佐木也不催促男人，俨然一副达到了忘我境界的表情默默地站着。岸边无可奈何，只好等着男人行动。

“有了！”

男人开心地说着，手持银色的名片夹，向岸边走来。为了绕开已经侵占了地板的纸山，又花了一点儿时间。

“初次见面，我是马缔光也。”

递过来的名片上印着：

股份制公司玄武书房　辞典编辑部

主任　马缔　光也

站在眼前的马缔，个子挺高。马缔略弯着腰注视着岸边，眼镜后面的双眸虽然带着几分惺忪，却又黑又亮。

岸边急忙从西装的口袋里掏出自己的名片夹——就职的时候一咬牙买下的爱马仕茶色小皮夹，里面装着刚印好的名片。

“我是岸边绿，从今天起正式调到辞典编辑部。请多多关照。”

岸边心想，竟然和同家公司的同事交换名片，真是闻所未闻。可佐佐木并没有递出名片，只是口头上做了自我介绍。

“我是佐佐木，主要在隔壁的资料室办公。”

我就说嘛，主任果然是个怪人。岸边放心了，一面跟佐佐木打招呼，一面把名片夹塞回口袋。

辞典编辑部里没有其他人。原以为是外出洽谈业务了，一问才知道专职人员只有马缔、佐佐木和岸边三人。

“另外还有辞典的主编松本老师和特聘的荒木先生。”

马缔微笑着说。只有三个员工的部门，主任简直就是形同虚设嘛！尽管如此，马缔却总是笑眯眯的。真是个没有野心的男人，岸边心想，不由得有些轻视他。本来就没什么干劲，现在越发泄气了。调动之前被告知要参与“重大企划”，可这简直就跟流放没差别嘛！

难道是我犯了什么错？

岸边又思考起这个纠结了无数次的问题，心情阴郁起来。

进入公司之后，岸边在面向女性读者的时尚杂志 *Northern*

Black 编辑部里度过了三年时光。在以二十多岁女性为目标的时尚杂志这个领域，各家出版社都铆足了劲儿。即便如此 *Northern Black* 在同类刊物中也销量领先。作为玄武书房的明星部门，*Northern Black* 编辑部是名副其实地星光闪耀。

岸边自学生时代起就爱读这本杂志，当初得知被派到这个部门她格外开心。向打扮时尚的前辈们学习，时刻关注最新流行趋势，在能力允许的范围内尽可能穿戴时尚品牌。因为，若是没有实际穿上身，便无法真正了解名牌服饰的出类拔萃之处。

校对完最终稿，无论多么疲惫，回家后都绝不怠慢护肤；为了准备采访，连无聊透顶的艺人自传也读得烂熟；即使大学同届的男朋友丢下一句“你一个人也能过得很好”便分了手，也毫不气馁地投身于工作。

为什么要把我调动到辞典编辑部？为什么要把我流放到距离华丽舞台最为遥远的地方？从此与访日好莱坞明星的专访或巴黎时装发布会后台的模特儿大乱斗彻底无缘。

两个部门的距离简直就像从地球到巨蟹座星云一样遥远。自己究竟要做什么、能做什么？完全没头绪。

心中惶惶不安。

马缔和佐佐木丝毫没有察觉岸边的心境，悠闲地交谈着。

“刚才你呻吟得很厉害呢。”

“是吗？说起来我好像做了个梦，梦见到了提交二校的日子，却突然发现校稿里混着一些不是正体字的字体。”

“哎呀，就算是梦也很讨厌啊。”

“真是个噩梦。”

正体字？不懂那是什么意思，唯一明白的是他们的谈话内容和节奏都脱离了现实世界。岸边畏畏缩缩地插话：

“请问，我该做什么呢？”

在以前的编辑部，大家都主动发现工作。但是杂志和辞典相去甚远，如果不清楚编辑工作的流程，那么在编辑部里根本无法动弹。

然而马缔的回答却是一句：“不急，你慢慢来就好。”

岸边有些沮丧，难道他对我不抱任何期望吗？但看样子，马缔并没有刁难她的意思。

马缔一脸认真地补充道：“今晚要给岸边小姐开欢迎会。硬要说的话，请在六点之前把肠胃和肝脏的功能调整到最佳状态，这就是岸边小姐今天的使命。”

“你的个人物品都送过来了，放在那边。”

佐佐木指着房间角落。从 *Northern Black* 编辑部送过来的几个纸箱子，整整齐齐地堆放在墙角。

“你可以随意挑选中意的办公桌，如果需要帮忙就叫我。”

说完，佐佐木离开了编辑部，大概是回隔壁的资料室了。也许佐佐木料到马缔没法正常地迎接新人，于是一直留意着岸边什么时候到。虽然她不够亲切，但看样子人不错。

不过，要我选“中意的办公桌”……环视编辑部，岸边不知该如何是好。没有哪张桌子上不是堆满了纸和书。

马缔已经回到了自己的座位。桌上层层叠叠地堆着貌似校样的纸张，几乎占据了所有空间。堆在电脑上的资料像屋檐般伸展着，电脑被压得难受地蜷缩着身子。桌子周围的地板上书堆得老高，几乎快要挡住坐在椅子上的马缔，简直就像要塞或是冬眠兽类的巢穴。

岸边透过书本堡垒的缝隙窥视马缔。他的转椅上系着一块古旧的花布坐垫。

该怎么称呼马缔呢？岸边有些踌躇。在这间只有岸边和马缔两人的办公室里，若是称呼“主任”，未免有些傻气。

“马缔先生。”

“是。”

马缔从书本上抬起视线。那是一本印着象形文字的书，类似于雕刻在埃及古代神殿上的文字。他只是在欣赏而已吧？不会真是在读吧？岸边有些退缩，不好意思开口问“用哪张桌子比较好”这种无所谓的问题了。

马缔抬头看着岸边，老老实实地等她开口。

“请问什么叫正体字啊？”

岸边突然间换了个问题，立刻又后悔了。这一定是与辞典相关的术语吧？马缔似乎是个怪人，虽说看起来一本正经，但说不定很容易动怒。搞不好他会觉得怎么调来个派不上用场的新人，连这种常识都不知道，因而大发雷霆。

然而与她的预料相反，马缔以温和的态度回答道：

“一般是指基于《康熙字典》的正规字体。”

完全没懂，而且还出现了一个连听都没听过的单词，他说基于什么来着？或许是察觉到岸边的困惑，马缔把书放在膝头，从手边的纸堆里抽出一张，在背面写起来。

“比如，用电脑输入‘揃’这个字，一般会出现‘揃’这种写法。然而，实际上印刷出版的小说或是辞典却几乎都使用‘揃’。这是因为在校样阶段，印刷厂会遵循编辑部的指示把汉字修正为正体字。‘揃’是正体字，而‘揃’则是所谓的俗体字。”

岸边慎重地对比着马缔写的“揃”和“揃”两个字。

“正体字的‘月’不是两横而是斜着的两点呢……”

这么说来，记得校对人也曾对*Northern Black*的稿子提出订正汉字的指示。不过对时尚杂志而言，重要的是刊登商品的色调是否通过印刷准确呈现出来，店铺等信息是否准确。岸边从没考虑过校对人的指示意在何处，也一直都不知道那是对字体的修订指示。

“手写的时候，写成两横的‘揃’就可以了，”说罢，马缔再次把目光聚焦回书上，“这里所说的正体字，并非误字的反义词，而是指印刷用的正统字体。辞典上使用的汉字，均以正体字印刷。虽说如此，《常用汉字表》和《人名汉字附录》中的汉字却使用新字体。”

什么表来着？又是个陌生的单词。总之，岸边明白了一点——编纂辞典要遵循细致入微的规则，连一个汉字都必须谨慎对待。

我能干得了吗？岸边觉得有些眩晕。也许是刚才硬抽了一张纸的缘故，桌上的纸堆失去了平衡，一股脑儿地崩塌下来盖住了马缔的手。

岸边连打了五个喷嚏。虽然很想擤鼻子，但要在这间办公室里找到面巾纸，估计得花上不少时间。

为了确保自己的空间，岸边决定在打开自己的箱子之前，先着手打扫整顿辞典编辑部。

本以为进入七月的现在不会有口罩出售，但由于近来不分季节地爆发新型流感，公司附近的便利店也能买到不织布口罩。

买了工作用手套，重叠戴上两层口罩，岸边开始了大扫除。马缔提出帮忙，但岸边郑重地回绝了。虽然刚刚见面稍显失礼，但马缔看样子也帮不上什么忙。

马缔乖乖地退回自己的座位，面向办公桌继续工作。他抱着那本象形文字的书，不停地做着笔记，也不知究竟做着什么工作。岸边装作不经意地偷瞄了一眼，看到笔记上用日语草草地写着“王的鸟飞向夜空”等字句。难道他真的能看懂象形文字吗？

大扫除比想象中有意义。

岸边把书本、校样和文件一一分门别类，摆放到大桌子上。整理得差不多的时候，岸边请马缔判断哪些可以丢弃。然后，把书放回陈列资料的书架上，把文件装订好放进办公用品柜，废弃的纸张用绳子绑好放到走廊。

需要保管的校样最劳神。为编一本辞典，从一校到五校，校样要在编辑部和印刷厂之间往返五次。编辑部对校样进行修正之后返还给印刷厂，修正版印好后再由印刷厂交给编辑部进行确认。这样的工序要反复进行五次。

若是杂志，只要没什么问题，只需要确认一校这一次便可，一般说来顶多也就到二校为止。于是看到盖有“五校”印章的校样，岸边不由得大吃一惊。校样交由印刷厂付印，自然不可能免费。编纂辞典真是耗时、费力又花钱的大工程呐！

在眼前堆砌成山的似乎是汉和辞典《字玄》修订版的校样。从三校到五校的校样零零散散地混杂在一起，尤其需要注意。岸边按校对次数把校样分类，再按页码排序整理放好。因为校样叠起来太厚，岸边只好按页数适当地分成几份用夹子固定。

几乎耗尽了调动后的第一个工作日，也只清扫了桌子周围。没整理完的《字玄》校样还堆在工作台上。

即便如此办公室也清爽了许多，而且岸边也实际看到了辞典编辑在校样上做了怎样的修正。

突然有了劲头，岸边打开了装着自己物品的纸箱，把自己的文具、文件夹以及电脑等用品放到离马缔最远的办公桌上。比起大扫除，自己的行李一下子就整理好了。岸边是一见房间脏乱便会坐立不安的类型，所以也一直留意把私人物品控制在最小限度。

“我们差不多该动身去店里了，”刚过五点半，马缔站起来伸了个懒腰，“哇！好整洁啊！”

他环视着编辑部内，一个劲儿地点头。

“参考书籍也都收回到原本的架子上了。”

“我从小学到高中一直担任图书委员，所以大致明白书的位置。如果放错了地方，请告诉我。”

岸边摘下口罩，有些害羞又颇为自豪地回答。一不小心就忘我地收拾起来，早上特意卷好的头发，也因为汗水而塌了下来。难得奢侈一把，专门量身定做的高级套装，也沾满灰尘。

“岸边小姐，你很适合编辞典的工作呢。”马缔钦佩地说道。

岸边慌忙摆了摆手，说：

“怎么可能！我连正体字都不知道，以前校稿也基本都是拜托校对人。”

“这些事从现在开始学就好，”马缔微笑着说，“杂志和辞典的工作重点本来就不同。如果叫我检查时尚杂志的彩色校样，我也会不知所措。”

“我哪个方面适合编辞典呢？”

为了找回一点儿自信，岸边索性向马缔发问。

“你能十分巧妙地把东西收回到正确位置。”

“咦？！”

受到认可的竟是收拾打扫的能力，岸边有些失望。既然要肯定，也该肯定个像样点的能力吧。

不说别的，这个编辑部既然聚集了适合编辞典的人才，为什么物品还会四处散乱呢？这难道不奇怪吗？

仿佛察觉到了岸边的疑惑，马缔面带困窘地笑着说：

“其实平时不像现在这么乱的。因为《字玄》的修订刚一结束，马上就开始编起了《索科布大百科》，所以这段时间忙得天翻地覆。”

第一次听到有人口头上说“天翻地覆”这个词。岸边一下没反应过来，呆住了。不对，马缔刚才好像说了一个比“天翻地覆”更加奇异的词语。

“索科布？”

岸边鹦鹉学舌般地重复了一遍，以为自己听错了。

“是的，索科布，”马缔歪着头看着岸边，“你不知道吗？”

如果是指《索科特·布斯塔》，简称“索科布”，岸边当然知道。这是在小朋友中间极具人气的游戏，还改编成了动画片。故事讲述了十岁的少年索科特·布斯塔巡游宇宙，访问形形色色的星球，并与各种各样的生物成为朋友。

在游戏中登场的外星生物形态各异，有的可爱有的怪异，而且色彩鲜艳。有的外星生物甚至比主人公索科特·布斯塔更受欢迎。就连既没玩过游戏也没看过动画的岸边，都能认出两三个角色。

索科布与辞典编辑部到底有什么关联呢？岸边很想一问究竟，然而马缔检查完燃气和电源之后，向隔壁资料室的佐佐木打了声招呼，迅速走出副楼。

梅雨季还没结束。在大楼照明和汽车前灯映照下的灰色云层笼罩在神保町上空。在佐佐木的催促下，岸边也追着马缔走了出去。马缔快步走下地铁站口的台阶。

马缔并没有告诉岸边欢迎会在哪里举行，也不像是在带路的样子，只是一味地按自己的步调，朝着不知在何处的目的地前进着。这种状况下根本顾不上好奇“索科布”了，若不是有佐佐木在，岸边差点就迷了路。

她观察着马缔的背影，白衬衫上还套着黑色袖套，竟然这副打扮出门，真叫人难以置信。他到底怎么看待时尚和自己的仪表啊？一定根本就没往心里去吧！岸边叹了口气。对了，他的西装外套放哪儿去了？忘在编辑部了吗？

“他总是那样。”

仿佛听到了岸边的心声，走在旁边的佐佐木说道。

换乘了一次地铁，大约十分钟之后到达了神乐坂。若是*Northern Black*的编辑，一定会嫌换乘麻烦，反正又可以报销，自然会搭出租车了。是因为辞典编辑部没什么经费呢，还是压根儿就没想过乘出租车呢？马缔和佐佐木没有丝毫不满，十分自然地在地铁里摇晃，在车站里上下阶梯。马缔拎着沉甸甸的黑色提包。出公司之前，他往包里塞了好多书。上班时就一直读着象形文字的书，看样子回到家还要继续。

难以置信。岸边再次叹了口气。

穿行在神乐坂错综复杂的小巷里，最后来到坐落在狭窄石板路尽头的一座古旧小楼前。屋檐下装着四四方方的门灯，洒下温暖的橙色光芒，灯上写着“月之隐”三个字。

拉开格子门，厨师打扮的青年彬彬有礼地上前迎接。三人在玄关的水泥地上脱了鞋。

进了玄关便来到铺木地板的房间，约摸十五张榻榻米大小，左边是原木吧台，吧台前摆着五把木椅，另外还有四张可供四人入座的餐桌。已经有八成的席位被填满了，有招待客户的上班族，也有像是自由职业者的年轻男女。

“欢迎光临！”

从吧台内侧打招呼的是一位女厨师，看起来大约四十岁左右。黑发束在脑后，明眸皓齿。

辞典编辑部一行人跟着青年走上玄关右边的楼梯。二楼是八张榻榻米大的日式房间，简朴的壁龛里装饰着溲疏花。除此之外，便只有隔着走廊的洗手间和店员休息室。

矮餐桌边坐着两位男士。

“这位是主编松本老师，这位是特聘编辑荒木先生。”

在马缔介绍时，岸边递上名片致以问候。松本老师是一位瘦得跟棍子似的老人，头顶光溜溜的。荒木看起来比松本老师年纪小一些，表情中带着几分固执。

领路的青年记下众人点的饮料，去了一楼。不一会儿，他又端着瓶装啤酒、酒壶和下酒小菜回来了。手掌大小的容器里盛着腌海带比目鱼，海带的鲜味渗透到刺身里，风味绝佳，一入口便立刻有了食欲。

岸边的欢迎会和乐融融地进行着。大家相互添满啤酒，松本老师慢悠悠地自斟自饮着日本酒，荒木则给岸边解开了索科布之谜。

“辞典以及百科全书一类，都由辞典编辑部负责，这是玄武书房的惯例。所以，《索科布大百科》也是由马缔一手编纂的。”

“主任又是凡事较真的人，可费了不少功夫啊！”佐佐木接过了话茬，“就算跟他说‘这本大百科的目的只是向小孩子介绍登场的外星生物而已’，他也充耳不闻，追根究底地向动画和游戏的制作公司发问，比如‘佩克珀星人的平均体重以地球重力换算的话是几公斤呢？’‘请详细说明阿沃姆星的阶级制度。另外，以心灵感应的方式对话，具体是如何进行的呢？是大脑之间传送语言沟通呢，还是以影像和音乐的方式传达呢？还有，贵族以外的平民是与地球人一样开口说话，可以这样理解吗？’……举不胜举。问得对方只好举白旗投降，干脆回复：‘这些细节请马缔先生决定就好，我们以后就遵循你的设定去做。’”

“我还是头一次听到佐佐木讲这么多话呢，”松本老师既钦佩又惊讶地摇着头说，“辅助马缔真是相当辛苦啊！”

荒木则向佐佐木投去同情的目光。

岸边惊得瞪大了眼。只不过是一本面向儿童的动画角色大百科而已，马缔的投入程度简直异常。

为什么连辞典的"辞"字都不会写的我会被调动到辞典编辑部呢？岸边暗自思忖。难不成我是被派来给马缔当"保姆"的吗？这么说来也算合情合理。若是没有人一直从旁监视，马缔一定会只顾着编辞典，而把成本抛之脑后吧。

"不过，托各位的福，《索科布大百科》大受好评，"马缔开心地说，"辞典编辑部也很有面子。"

"长期以来都被冷眼相待，这下总算是能全力投入编辑《大渡海》了，"荒木在矮桌上紧握双拳，"而且还有岸边小姐加入。"

"《大渡海》？"

看到岸边不解地歪着头，松本老师解释道："《大渡海》是我们殷切期盼着早日出版的国语辞典。提出计划以来，已经过了十三年吧。"

"十三年？！"岸边大吃一惊，"过了十三年还没有出版吗？那这期间都在做什么啊？"

"是啊，比如修订其他辞典啦，编《索科布大百科》之类的……"

马缔慢悠悠地回答。

"马缔还结了婚，可别忘了。"

"是啊是啊，简直就是个奇迹嘛。"

被松本老师和荒木从旁揶揄，马缔羞涩地笑了起来。

岸边惊诧得已经不知该从何处问起了。怎么看马缔都不像是成功人士，居然结婚了？我和男朋友分手了，这个大叔却成家了！这世界到底有多不公平啊。不对不对，重点不在这里。不管怎样，花十三年编一本辞典，未免也太夸张了。

“这也是无可奈何，”佐佐木一边吃鲷鱼刺身，一边说道，“因为出版社的决策屡屡打断《大渡海》的编纂工作，只好推迟了。”

“如果编出一本畅销的好辞典，收益也会相当可观，无奈的是这工作太不起眼。出版社难免会去追求眼前显而易见的利益，而编辞典这种需要投入大量时间和金钱的工作，很难得到理解。”

荒木喝干了啤酒，正好青年店员端来爽口小吃，便趁机又加了几个菜。小吃是凉拌鸡胸肉，佐以白葱丝和榨菜，并撒上少许胡椒提味。口感清爽，配上胡椒恰到好处的辣味，更让人酒不释手了。与其说是小吃，更像是一道佐酒的菜肴。或许因为辞典编辑部这群人吃喝的势头太猛，上菜的速度已经快赶不上了。

“《索科布大百科》销量不错，我们要趁势完成《大渡海》啊。不，是必须完成！”

马缔给每个人的杯子里都添上冰镇啤酒。松本老师单手端着酒盅，微笑着打趣：“再不完成，只怕我就要进棺材了。”

完全笑不出来。也不好随声附和“就是啊”或是安慰说“没关系啦”，大家都露出尴尬的笑容，瞬间陷入了沉默。为活跃气氛，马缔清了下嗓子。

“欢迎岸边小姐加入到我们的队伍中来，今后大家齐心协力，共同奋斗吧！干杯！”

咦？都吃吃喝喝好一阵子了，现在才想起来干杯？岸边有些不知所措，但其他几人似乎也毫不介意时机和场合，只是随性地举杯，四只杯子和一只酒盅在空中碰到了一起。

“大家聊得很开心嘛，抱歉打扰了。”

刚才站在吧台里的女厨师出现在二楼。她把盛在托盘上的炖菜一碗一碗摆到每个人面前，然后在榻榻米上正身跪坐，向着岸边轻轻鞠躬。

“我是经营‘月之隐’的林香具矢。今后也请多多捧场。”

“这可有些难度啊，”不等岸边回礼，荒木就笑着插话道，“今晚是欢迎会，所以才奢侈了一把，平时能吃上‘七宝园’就不错了。是吧，马缔？”

“我们一直都缺乏经费，实在惭愧，”马缔伸手示意岸边，介绍道，“香具矢，这位是岸边绿小姐。”

“不光是公司的聚会，约会的时候也敬请光顾小店。”

香具矢脸上不带一丝客套的笑容，略显刻板地向岸边推销起来。岸边默默地低头回礼，心想，可我没对象啊。

“哦，这可真是难得，”荒木轮番打量着岸边和香具矢，“香具矢小姐是典型的工匠性情，我这还是头一次看到她如此主动地揽客呢。”

香具矢有些不好意思地垂下双眼，端正地跪坐着，那神情仿佛在说：“因为我不善应酬嘛。”明明是个美人，性格却有些怪异，但并不让人讨厌。岸边这么觉得。

“这位是林香具矢。”

马缔完全没注意现场氛围，还在继续介绍。明明刚才香具矢已经自报家门了，岸边在心里吐槽马缔的笨拙举止，于是听漏了马缔的下一句话。不对，或许应该说是大脑没能理解才对。

“她是我妻子。”

“咦？”足足过了五秒之后，岸边才反应过来。

马缔一本正经地重复了一遍：“她是我妻子。”

岸边看向马缔，又转向香具矢。马缔乐呵呵地微笑着，香具矢却板着脸，两颊微微泛红。

这世界非但不公平，还不合情理。岸边仰天长叹，在心中发泄不满。

不知身在何方的神啊！为什么您赐予了香具矢小姐出类拔萃的烹调技艺，却夺走了她选择男人的眼光呢？实在太过分了！如此的美人却偏偏嫁给了顶着鸡窝头的袖套男！

翌日，岸边拖着宿醉的身体上班。

马缔已经坐在办公桌前，转动着手摇式削铅笔机的把手，小心地削尖红铅笔的笔芯。

岸边问候了一声“早上好”，缓缓地坐到自己的位子上。因为只要有一丁点儿震动，头就痛得厉害。

“哎呀，你脸色不大好，”马缔抬起头，视线越过成堆的资料注视着岸边，“对了，你昨晚喝得酩酊大醉呢。”

“酩酊？什么意思啊？”

“不知道的话，就查查辞典吧。”

马缔指了指书架，但岸边已经没力气站起来拿辞典了。

“今天我该做些什么呢？”

“稍后造纸厂会有人过来开会，你也一起来吧。”

在这种时候偏偏要和公司外部的人开会，而且当天的第一个喷嚏也早早爆发了。啊，头好疼。如果不借助功能饮料提神，恐怕没法见人。

岸边去便利店买了专门缓解宿醉的功能饮料，刚出店门就一股脑儿灌了下去。一旁的中年上班族愕然地盯着她，不过现在也顾不得形象了。

总算感觉轻松了一些，于是岸边回到了编辑部。只见马缔和穿西装的年轻男人站在大桌旁，把堆成山的校样移到一边，在中间摊开几张样纸。

“对不起，我来迟了。”

岸边急忙和男人互换名片。名片上印着“曙光造纸公司　第二营业部　宫本慎一郎”。他年纪与岸边相仿，看起来很温和，眼眸中透露出坚忍的意志，看得出是专注于工作的类型，令人印象深刻。

难得有感觉不错的客户来访，我却偏偏苦于宿醉。岸边担心起自己身上是否带着酒气，甚至尽量在说话的时候控制吐气。虽然做起来很困难，但绝不能因此破坏千载难逢的邂逅。

宫本带来了《大渡海》的内页将要使用的纸张样品。马缔反复对比着几种不同的样纸，时而轻触，时而抚摸，时而用指尖翻动，完全忘记了宫本的存在。岸边只好绞尽脑汁找话题避免冷场。

“这些样品都很薄呢。”

“是的。这些样品是敝公司为了《大渡海》而研发的自信之作，厚度只有五十微米。重量也非常轻，一平方米大小只有四十五克。”

虽然对这些数字没什么概念，总之就是既薄又轻吧。

宫本愉快地继续说道：“而且虽然这么薄，却几乎不会透墨。”

“透墨？”

“就是印刷在背面的文字不会透过来，否则会影响阅读。”

宫本告诉岸边，辞典内页选用纸品尤其重视其轻薄程度，以及是否透墨。与其他书籍相比，辞典的页数非常多，如果不使用薄纸，就会奇厚无比。同时还要讲求轻巧，因为如果辞典重得无法携带，就会影响到实用性。

“刚才你说这些纸是‘为了《大渡海》而研发的’，难道是特别开发的产品吗？”

“对。一年前收到马缔先生的订单之后，敝公司的开发部和技术部就倾尽全力做出各种样品。今天总算能带着成果前来，作为这项工作的负责人，我真是感慨良多。”

宫本深有感触地说。看来，马缔真给他们出了不少难题呢。

“其他的辞典也会特别定制纸张吗？”

“那得看具体情况。比如《玄武学习国语辞典》使用的是现成的纸品，而《字玄》则使用由敝公司特别研发的纸张。《大渡海》是久违的特别定制，敝公司也是铆足了劲儿。”

宫本拿起一叠纸揉了揉，一脸自豪地看着岸边，问道：“怎么样？”

“你是指什么怎么样？”

“你瞧，略微泛黄的纸张中隐隐约约掺了一抹淡红，对吧？为了调出这种温暖的色调，我们反复尝试，在失败中不断摸索。”

啊，他也是个怪胎。真可惜啊。岸边这么一想，索性不再顾虑，一边畅快地吐气一边说道：

“可是，即使研发出这么薄的纸，除了辞典之外就没别的用途吧？”

“不会的，”宫本整理好手上的纸，“当然，特别定制的纸品只能用于《大渡海》。不过，对于造纸公司而言，钻研制造薄型纸张的技术非常重要。除了辞典以外，比如《圣经》、保险合约、药物的说明书、工业用品等等，在各个领域都需要用到薄纸。”

“原来如此。”

岸边满心佩服。这么说来，药盒里叠得整整齐齐的说明书，的确是又薄又轻的纸。尽管从未注意过，但造纸公司的的确确根据使用目的，夜以继日地研究开发着新型纸张。

仔细端详着样品的马缔突然大叫起来。

“没有滑润感！”

岸边和宫本吓了一跳，不由自主地靠在一起看向马缔。

“滑润感？”

马缔一脸复杂的表情，仿佛被牙疼困扰的芥川龙之介。

“岸边小姐，麻烦你拿一本中型辞典过来好吗？《广辞苑》就行。”

按照马缔的指示，岸边从书架上抽出最新版的《广辞苑》放到大桌子上。

“宫本先生，请看，”马缔用指腹一页页地翻着《广辞苑》，“这就是滑润感。”

岸边和宫本盯着马缔的手，一脸茫然地相互对视了一眼。

“请问，你是指的什么呢？”宫本有些踌躇地问道。

马缔苦着一张脸，活像因为牙疼加剧而彻底厌倦了尘世的芥川龙之介。

“你瞧，翻页的时候，会有种纸张吸附到手指上的感觉吧！尽管如此，页与页之间却不会黏在一起，从而出现同时翻起好几页的情况。这就是所谓的滑润感！”

马缔把《广辞苑》递到岸边和宫本面前，两人也试着翻了翻。

“啊，真的耶。”

“的确，纸张有种绝妙的润泽感，仅用指腹就能轻易地翻起来。”

马缔满意地点了点头，表情像是在说：“你终于领会到了我的意思。”

“这正是辞典专用纸应该追求的境界。辞典本身就是厚重的书籍，绝不能给使用者造成额外的负担。”

“实在非常抱歉！”

宫本低头致歉。忽然，他像是想到了什么，从书架上取出《字玄》，反复翻页以确认纸张的手感。他专注的神情散发出非凡的魄力。

岸边在心里嘀咕，不就是纸嘛，用得着这么较真吗……但与此同时，看到既非玄武书房员工、又非辞典编辑部成员的宫本对《大渡海》如此用心，又感到十分欣慰。

宫本停下翻着《字玄》的手，到走廊上用手机打了个电话。结束通话回到编辑部，宫本的第一句话便是：“我们立刻重新制作样品。”说罢又补充道：

“正如马缔先生所说，《字玄》所用的纸张是有滑润感的，而这次的样品中没能体现出来。刚才我跟技术人员确认了缘由。”

根据宫本的说明，问题可能出在新引入的抄纸机上。

“抄纸机？”

又是一个陌生的词语，岸边在脑中搜寻着。

“抄纸机就是过滤纸浆水分并烘干形成纸张的器械。想必两位也知道，为了制造适合不同用途的纸张，原料和药剂用量的配方非常关键。”

听了宫本的说明，马缔点头表示“原来如此”。看他那游刃有余的态度，估计早就对这些了如指掌，不过还是让年轻的宫本表现了一番。岸边心中充满疑问，一般人不可能知道用量的配方这么重要吧？但还是装作了解，点了点头。

马缔的表情稍稍柔和了一些，说道：

“也就是说，尽管贵公司基于《字玄》的经验，使用了让纸张具备滑润感的配方，但由于新购抄纸机的缘故，这次没能得到理想的纸质。”

“正是如此，”宫本有些惭愧地说，“每一台抄纸机都各具脾性，即便使用同样的配方，由于器械不同，得出的成品也会多少有些差异。而且，当年负责开发《字玄》专用纸品的技术人员已经退休了。对于滑润感这一概念，是我们的认识太过粗浅。”

岸边暗忖，会注意到滑润感的人，恐怕只有马缔吧。而马缔似乎被宫本诚挚的道歉打动了。

“你能理解我所说的滑润感就足够了。我很期待下次的样品。”

“是！”宫本终于露出了笑容，“我们一定会做出让马缔先生满意的纸！”

将摊开的样品收好抱在怀里，宫本一阵风似的离开了。

“真是个可靠的青年啊！”

马缔满脸悦色地回到座位，也顾不得歇口气，便动笔写了起来。岸边偷瞄了一眼，发现马缔正把“抄纸机”这个词记录到词例收集卡上。

和编辞典扯上关系的人，全是些怪胎。

岸边一方面对他们的满腔热情心生畏惧，一方面又对自己能否跟上他们的步调感到忐忑不安。

姑且先收拾好大桌子吧。岸边拿起《广辞苑》，突然想到先前马缔提到的陌生词汇“酩酊”，便查阅了起来。

【酩酊】烂醉如泥的状态。净琉璃《忠臣藏》：“不将汝等席间助兴之众灌个酩酊大醉誓不罢休。”

原来马缔那番话的意思是“昨天你喝得烂醉如泥”。

兜什么圈子啊，直说呗！

岸边有些恼火。

别的不说，《广辞苑》里援引的例句注明了《忠臣藏》，也就意味着出自《假名手本忠臣藏》。《假名手本忠臣藏》，有没有搞错！那可是古文哦！历史剧哦！在现代日本会有人用“酩酊”这个词吗？从来就没听到过！

马缔是故意用这么难懂的词来试探我的水平吧，岸边心想，明明知道我懂的词汇不多，而且在编纂辞典方面完全是外行人。

刁难人！

既不甘心，又觉得自己没出息，岸边难过得差点落泪。可是败给马缔的刁难而哭鼻子让人更不甘心，于是岸边强忍住泪水，继续打扫编辑部。

马缔依旧没给岸边指派任何工作，只是面对办公桌奋笔疾书。说不定早就把岸边忘到九霄云外了。不管岸边哭鼻子还是打喷嚏，说不定对他而言都无所谓。

岸边在主楼的员工餐厅孤零零地吃了午饭。今天 A 套餐的主菜是炸竹荚鱼。

本想找人倾诉，去餐厅的时候顺道瞄了眼资料室。可佐佐木不在，或许是去外面吃饭了。这种时候，偏偏员工餐厅里也找不到熟悉的面孔。

说起来，我还是第一次和年纪相差一大把的人共事。

岸边默默吃着饭，爱吃的炸竹荚鱼也味同嚼蜡。

在 *Northern Black* 编辑部的时候，周围多是年纪相仿的编辑和撰稿人。尤其是编辑，除总编以外全是女性。当然不能说同事之间没有竞争，但基本上都会互帮互助、彼此协商，共同完成繁重的工作。工作间歇，大家会在一起谈论美食、衣服和恋爱，为一些芝麻绿豆般的小事而开怀大笑。

这些帮自己排解了多少压力，调动后的第二天岸边已经深有感触了。

辞典编辑部里基本就马缔一个人。只是没有共同语言也就罢了，偏偏他还总说些莫名其妙的古文，完全不知道该怎样应对。

岸边回忆起新学年开学时的心情，心中充满了不安和紧张，害怕自己无法融入新班级。在班主任召开班会、宣布座次之前，找最不显眼的座位坐下，并将那里当作临时的容身之所。

可是与开学不同的是，岸边丝毫没有对“即将拉开序幕的新生活”抱有期待。虽说公司的工作不是义务，但与校园生活带来的新鲜和兴奋相去甚远。

或许人类的精神构造就不允许仅仅为了赚钱而工作。岸边深深叹息。公司的意向、根植于体内的习惯和惰性，生活中需要妥协的事情本来就已经够多了，现在连职场的人际关系也了无乐趣，叫我拿什么当精神支柱继续工作下去呢？我快要迷失方向了。

但是想归想，以自己的个性，又不可能轻易辞掉辛辛苦苦找到的工作。岸边吃光套餐，把餐具放到回收口。没办法，现在姑且以年终奖金为动力，在辞典编辑部奋斗一下吧。上个月刚拿到的夏季奖金，几乎都花在了鞋子和衣服上。

啊——

岸边的叹息在回到副楼的瞬间变成了喷嚏。真是诸事不顺，岸边心想。

整理编辑部的工程终于在岸边调来的第三天宣告结束。飘浮在空中的尘埃似乎也少了很多。

岸边摘下口罩，在自己的座位上放松。喝着在茶水间泡好的咖啡，翻开一本蓝色封面的档案。

去茶水间之前，岸边顺便问了马缔："需要帮您冲杯咖啡吗？"然而他却含混不清地"呼"了一声，叫人摸不着头脑。马缔头也不抬地死死盯着一本像是资料的线装书，岸边索性不管他了。

现在岸边翻阅中的档案，原本摆在书架相当醒目的位置，封面上却写着"机密 仅供辞典编辑部内部阅览"几个大字。

这个机密还真是招摇。

岸边不由得扑哧笑了，被这份自称“机密”的档案勾起了好奇心，于是拿在手上翻看了起来。

档案内容是关于《大渡海》执笔者的情报，以大学教授和研究者居多。不仅有每个人的专业领域、主要论文的概要，甚至连家庭构成、对食物的喜好，以及发生问题时的应对方法都一一记录在案。看样子是以前在这里工作的编辑为了接任者而准备的交接资料。

但是，情报也太陈旧了。在执笔者名单里，岸边发现了几年前辞世的著名心理学家。她交叉着双臂，思考起来，这份交接资料究竟是什么时候做的呢？纸张都有些泛黄了。

一页页翻阅着文件，岸边在最后发现了这样一段文字：

马缔不太擅长对外交涉。所以，加入辞典编辑部的你！请参考这份档案，协助马缔完成《大渡海》吧！谨祝勇往直前！

玄武书房的辞典编辑部十多年来一直都翘首期盼《大渡海》问世，并为此孜孜不倦地准备至今。听说这期间，除了马缔，公司根本没有为编辑部补足人手。

也就是说，这份档案是专门为我所写的交接资料咯？

制作这份档案的一定是和马缔同时期在编辑部工作的同事。在调离编辑部之前，为了协助马缔，特意留下对外交涉的重要情报。以这种形式，将未来托付给一个不知何时到来、并且不曾谋面的新人。

忽然觉得好沉重。岸边心里打起了退堂鼓。难道被调派到辞典编辑部，就必须喜欢上辞典吗？必须带着感情和热忱投入到辞典编纂之中吗？如果能做到这些自然是最为理想，但对我而言或许太过勉强了。我没有信心和马缔顺利沟通，也肩负不起这位前辈对辞典编辑部的将来的一番心意。

究竟该怎么办才好？翻到最后一页，岸边毫不费力地得知了文件制作人的名字。

编辞典累坏了！想要尽情放松！身心俱疲的编辑部成员，请速速联络西冈正志。masanishi@genbushobo.co.jp

西冈？岸边在记忆中搜寻着。记得是广告宣传部还是营业部有一位姓西冈的，与马缔年纪相仿。虽然没讲过话，但记得长相，打扮得吊儿郎当的，经常在主楼的走廊上碰到。不过听传闻说，与他轻浮的外表完全相反，他不但有四个小孩，还疼爱有加。也不知道是不是真的。

或许岸边没资格喊累，毕竟她来辞典编辑部才三天。但是，她的确“想要放松”，想找人倾诉心中的困惑与不安。曾经在辞典编辑部工作的西冈，一定能帮我出谋划策吧？

满怀着期待和希望，岸边毅然决然地给西冈发了邮件。

西冈正志先生，

您好！初次致信，我是刚刚调派到辞典编辑部的岸边绿。辞典对我而言完全是未知的世界，我想从现在开始一点点学习。我拜读了西冈先生制作的“机密档案”，非常感谢，我会以此为参考做好工作。如果可以的话，是否能在您方便的时候当面详谈呢？若能得到指点自是十分庆幸。

岸边绿　敬上

西冈似乎恰好在公司，岸边续了一杯咖啡回到座位的时候，已经收到了回信。

哟呵！谢谢你的来信！

连文字都吊儿郎当。

不过呢，我没法和你面谈。因为呀，你会迷恋上我哦！开玩笑啦！说实话，在编辞典方面我真没什么可以指点你的。你不必客气尽管问马缔就好了。Ciao[①]！

① 意大利语，意为“再见”。

四十多岁大叔竟然写出如此白痴的邮件，这世界还正常吗？读完邮件，不只鼻子，全身上下都痒痒的，岸边不由得打了个寒噤。

又及。去查看书架上的书立吧，保证你能开心起来。说不定能解决你心中的烦恼哦！那么，这回真的要说 adiós[①] 啦！

直到最后一个字都吊儿郎当，简直就是轻浮一词的真实写照。不过，岸边还是决定找找看。

编辑部里书架林立，书立也四处可见。西冈所说的究竟是哪一个啊？岸边移开书拿出书立，一个一个地检查起来。这期间，马缔依然读着那本线装书，对岸边的行动没有丝毫反应，仿佛冬眠中的松鼠一样安静。

在杂学类书籍的书架上，岸边找到了西冈所说的书立。就是它了吧？这是个很常见的金属制灰色书立，底部贴着只白色的信封。透明胶带已经变成了茶色，基本上已经没有黏性了。

看样子，这只信封历经了漫长岁月，从未被人发现，一直静静躺在书立底下。

一定是西冈特意藏在这里的，不过里面到底是什么呢？

在好奇心的驱使下，岸边站在书架前打开了信封。里面装着

---

① 西班牙语，意为“再见”。

厚厚一叠信纸，准确地说，应该是信的复印件。

谨启，寒风宣告着严冬的临近，今日此时此刻，敬祝阁下健康平安。

这究竟是谁写给谁的信呢？岸边担心擅自阅读不太好，决定先确认信件末尾的署名。实际一翻才发现这封信竟长达十五页，作为一封信，可谓长篇大作。

第十五页的末尾写着：

二〇 ×× 年十一月

马缔光也　敬上

致林香具矢小姐

且慢且慢！岸边强忍住兴奋，回到了自己的座位。林香具矢小姐不就是“月之隐”的厨师、马缔先生的夫人吗？也就是说，这是情书咯？可是这个开头完全没有情书的感觉啊。

岸边若无其事地看向马缔，他依然像冬眠中的松鼠一样。越过桌上的书堆，只能看到他乱蓬蓬的鸡窝头。岸边在椅子上落座，仔细地阅读起手中的信。

这封情书一本正经却又滑稽可笑，汉字异常多，文章也十分生硬，当时马缔的紧张情绪可见一斑。由于太过迫切地想把心意传达给对方，反而来回兜圈子，写成了一篇让人莫名其妙的文章。

古有光彩照人的辉夜公主自月宫降临凡间之佳话，自前日一睹倩影，我便恍若身处月上，胸中苦闷，无法呼吸。

岸边把这句话反复看了好几遍，最后得出结论——就是想表达“从见到你的那天起，我就坠入了情网，心中小鹿乱撞”吧。分明只需一句“我喜欢你”就能解决问题，真叫人看得心焦，岸边心想。

情书的行文宛如马缔内心的写照，时而情绪激昂，时而意志消沉，在跌宕起伏中渐入高潮。

若要坦诚我如今心境，“香具矢香具矢，奈若何”一句足矣。

这、这……完全就是生搬硬套项羽身陷“四面楚歌”绝境时吟咏的名诗嘛！

记得高中时代曾在古文课上学过，岸边多少有些印象。

项羽四面受敌，即将与爱妾虞美人死别之际，不禁咏叹：

“虞兮虞兮奈若何（虞姬啊虞姬，我该拿你怎么办）！”

此时此刻，是该亲手了结心爱之人的生命呢？还是断然放手，祈求她能保住性命呢？即使在前方等待她的可能是更加残酷的命运。这是置身生死边缘，却为儿女之情心烦意乱的男人的悲叹，是震撼人心的诗句。

而相比起来，马缔的情书又如何呢？或许他自以为“我将‘香具矢’比作‘虞姬’，实在妙极”！一点儿都不妙！岸边又好气又好笑。

处在生死关头的项羽，和在辞典编辑部顶着个鸡窝头的马缔，简直是天壤之别。就算同样感叹“我该拿你怎么办”，其内涵和深度也不可相提并论！岸边恨不得一把揪住当年写情书时的马缔，质问他：“竟敢说‘我该拿你怎么办’，你到底想对香具矢小姐做什么啊？”

不但毫不谦逊地自比楚霸王项羽，为了表达“香具矢小姐，我想和你交往”这点意思还绕了个大圈子。当年尚且青涩的马缔在情书的结尾如此写道：

> 以上便是我欲倾吐之心声。不，其实远远不止这些，但就算我有一百五十年寿命亦说不尽道不完；即使将热带雨林采伐殆尽，制成的纸张亦不够我一抒胸臆，且容我就此搁笔。
>
> 香具矢小姐读完此信，若能告知心中所想，自是不胜感激。无论回音如何，我已有所觉悟，定会坦然接受。
>
> 望保重身体。

不但表达十分夸张，还要求对方回复，发动起一波接一波的表白攻势之后，却以一句“保重身体”唐突收尾。被追问想法的香具矢，一定因此困惑不已吧。

看到马缔从座位上起身，岸边急忙把情书的复印件塞到腿和办公桌的缝隙里。

“岸边小姐，我有事忘记告诉你了……”

“是。”

马缔绕过办公桌，站到岸边身旁。岸边抬头看向马缔，一想起情书的内容，险些忍不住笑出来。

马缔看起来仿佛已经栖息在辞典编辑部好几个世纪一般，超然于尘世；又仿佛干枯的树木或是干燥的纸一样，与爱恨性欲统统绝缘。然而，即便这样的他，也曾经为恋爱苦恼，甚至挥笔写下像“深夜日记”一样自说自话的情书。

现在却俨然语言专家的模样，沉迷于编纂辞典的工作中。岸边险些掩饰不住笑意，连忙干巴巴地假装咳嗽了几声。就这封情书来看，马缔根本没有自如地运用词汇，笨拙又不善表达，空有热情却不得要领。

岸边想到这里，忽然恍然大悟。让人觉得难以接近的马缔，年轻的时候或许和我一样。不对，现在也和我一样。不知道如何与人相处，担心编不好辞典，所以才会这么拼命。仅通过语言其实很难传达心声、相互理解，也因此而焦急。但是最终，我们只能鼓起勇气，说出那些发自内心的笨拙话语，并祈盼对方能够领会。

正因为亲身体验过这种不安和希望，所以马缔才能满怀热情地去编纂满载词汇的辞典吧。

若是如此，我应该也能在辞典编辑部干下去。我想知道消除不安的方法；我也想通过语言和马缔交流，心情愉快地工作下去。

尽可能准确地搜集大量词汇，恰似得到一面平滑的镜子。当用这面镜子映照出自己的内心并呈现给对方时，镜面越是平滑，就越能把心情和想法清晰而深切地传达给对方。甚至可以一起对着镜子，欢笑、悲泣和生气。

编纂辞典的工作，说不定比想象中快乐得多，也重要得多。

这封情书让岸边感觉与马缔的距离稍稍拉近了。来到辞典编辑部之后，头一次有了积极向上的感觉。

马缔完全没有察觉到岸边心境的变化，轻易地被她蹩脚的演技敷衍了过去。

“哎呀，感冒了？”

“嗯，有点。有什么事忘记告诉我了？”

“从明天开始，就正式开始《大渡海》的编纂作业了。具体来讲，就是动用副楼一、二楼的所有房间，用人海战术来检查例句，同时依次向印刷厂发稿。”

“什么？”

如此重要的大事，怎么都到了前一天才告诉我！

“那，我们就搬桌子做准备吧。”

把哑口无言的岸边晾在一边，马缔连着袖套一起卷起了袖子。

岸边和马缔搬动桌子、移动资料，一直干到晚上，连副楼的门卫也前来帮忙。佐佐木则为了即将增加的工作人员，复印工作流程说明，备好文具。

准备工作结束的时候，岸边全身的肌肉都酸痛不已。

“年轻真好。我呀，腰疼得太厉害，别的疼痛都感觉不到了。”

为了避免转动拉伸腰部，马缔说罢便像能乐演员一般，用脚底轻轻擦着地面，踩着碎步回家了。总觉得这个姿势反而会加重腰部的负担。

目送马缔离开后，岸边马上给西冈回了邮件：

我顺利找到了那封信，托您的福，我现在稍稍打起了精神。从明天起，辞典编辑部就要向着完成《大渡海》这一目标扬帆起航了。不过，我说不定会因为肌肉酸痛而无法上班。

在马缔的执着之下，十三年来，《大渡海》的编纂工作一点一滴地进行着。

普通词汇的释义由编辑部负责，在马缔、荒木和松本老师的努力下，九成已经完工。剩下的一成，则是十三年来出现的新词，以及新增的词例收集卡中尚未敲定采用的单词。这些词汇经过马缔和松本老师商讨之后，若决定收录，则由马缔撰写释义。

就算稿件早已完成，历经十三年的岁月，必然有词汇落后于时代。是否采用这些词汇，则由岸边和荒木来定夺。

“编纂辞典有种倾向，收录过的词汇一般不会轻易删减。这是为了尽可能收录更多的词汇，包括死语在内，”荒木向还是新手的岸边说明道，“话虽如此，如果事前不反复检查商榷，待到出版时，就会变成尽是死语的辞典了。”

“原来死语也是可以保留的啊，”岸边看着遵照《撰稿要领》写成的一叠稿子，点了点头，“难怪收录了‘木屐柜’这个词。”

“什么？木屐柜是死语吗？”

“我上学那会儿都称为‘鞋柜’哦。可是‘木屐柜’的释义里面并没有提到‘鞋柜’。不仅如此，辞典里根本就找不到‘鞋柜：放鞋的柜子、盒子’这个词条。”

“时代的后浪推前浪啊！喂，马缔，大事不妙！需要商讨的项目又增加了一个！”

像这样，在编辑部时有发生的骚乱之中，岸边逐渐习惯了阅读辞典的文稿。

以百科词条为首，专业性较高的词汇都委托大学教授等专业人士撰稿。这部分稿件已经全数交齐。全靠马缔不厌其烦地一次次拜访大学和研究机构，亲自催收稿件。

“难不成马缔先生也参考了机密档案？”

被岸边这么一问，马缔开心地点了点头。

“多亏了西冈，我才能顺利地和老师们交涉，有效展开攻防。”

那么，马缔早就知道编辑部里藏着那封情书的复印件了？岸边忍不住试探了一下。

“那您也看了档案的最后一页吧？”

“说来惭愧，”马缔害羞地挠了挠脸颊，“其实，我好几次失去信心，觉得或许没法完成《大渡海》了。每当这种时候，我都会给西冈发邮件，他就会陪我去喝酒谈心。”

“是这样啊……”

大叔之间的羁绊真让人憋闷。岸边勉强挤出笑容，迅速从马缔面前逃开。看样子，西冈在机密档案上公开的邮箱地址，对马缔而言是倾诉烦恼的知心热线，而对其他人则是曝光情书的八卦平台。

无论是编辑部负责的稿件，还是委托的文稿，并不是写完就算定稿，还需要经过反复推敲，尽量精简字数。由于预定收录的词条超过二十万个，版面怎么排都嫌不够。

遇到带有例句的词条，还必须“核对例句”。所谓例句，是指作为实例从文献中引用的部分，需标明出处。不过，现代词汇的例句并非引自文献，而多是按照释义编写。

“核对例句”的环节需要一一检查例句是否符合释义、从原著上引用时是否准确无误。这项工作由二十多名兼职学生承担，他们趴在岸边辛辛苦苦搬来的桌子上，抱着资料仔细检查。待到进入暑假之后，兼职学生的人数还会翻倍。

经过“核对例句”的稿件，则交由编辑们调整排版的细节，比如指定字号或标注读音等。一切都遵照《大渡海》的编纂方针，使用统一格式。因为如果字号大小变化毫无规则，或者每个词条使用的符号有差异，必然会给使用者造成混乱。

调整完毕之后，才终于能将稿子交给印刷厂。一般来讲，按五十音的顺序，从“あ行”开始依次发稿给印刷厂。

印刷厂拿到稿子后印出校样，再返还给编辑部。接着，便由辞典编辑部和校对人彻底检查校样。比如，是否存在印刷错误和表述不清的语句，释义是否准确无误，等等，需要检查的细节数不胜数。玄武书房为编《大渡海》，不仅动员了公司内部的校对人，还请了不少经验丰富的自由校对人。

校对完毕后，编辑部再把校样提交给印刷厂，将红笔标注的地方一一修正之后，重新印刷修订版校样。

像《大渡海》这种规模的辞典，从一校到五校，校样至少会在编辑部和印刷厂之间往返五次。如果是大型的辞典，甚至需要十校。

在一校和二校的阶段，主要检查内容和版面形式。实际上能做的也只有这些，因为文稿尚未核对完毕，无法按五十音排序。

到了三校，总算能按五十音顺序整理好所有的稿子，一窥整体效果。同时还需要检查有没有重复或缺漏的词条，并决定插图应该摆放的位置。

四校时决定每一页的排版，调整插图的位置。到了这一步，就需要极力控制总页数不发生变化。如果大幅度增减释义字数和词条数量，则会导致页数变化，最终影响到辞典的价格。

五校进行最终确认和汇总。不过，若是遇到美国总统换届，或是市镇村合并等突发状况，就算临到最后关头，也会追加词条。

所以，考虑到这一点，必须尽可能地保留空白。

自然，围绕校样的作业也是从发稿最早的“あ行”开始依次进行。

“所以，大多数辞典越到后半部分便越薄弱，”马缔苦笑着说，“待到着手校对‘ら行’和‘わ行’词条的时候，通常发行日已迫在眉睫，几乎是在和时间赛跑。就算出现应该收录的新词汇，却没有多余的人手去核对例句，也没有富余的版面，更不要说调整版面的时间了。”

“《大渡海》也会出现后半内容不扎实的问题吗？”

岸边担心起来。辞典编辑部投入这么多年时间编纂《大渡海》，如果最后变成这样该多么令人惋惜啊。

“这十三年岁月，我们可是一点一滴地准备过来的，”松本老师从一旁插话，“好不容易走到现在这步，我们一定要不急不躁，坚持到最后的‘わ行’。”

“判断后半部分内容是否薄弱，有一定基准。”

马缔从书架上取出几种中型辞典，合上书页，在岸边面前一字排开。

“为了方便查阅，辞典的书口——就是翻页的部分——印有黑色标记。看这个标记便能一目了然，日语中以‘あ行’‘か行’‘さ行’假名开头的单词特别多。”

“真的耶。”

岸边对比着几本辞典。无论哪一本，从“あ行”到“さ行”

的词汇都占了相当的分量，而紧接此后的“た行”则是从辞典的后半部分才开始。

“相反，‘や行’‘ら行’和‘わ行’所占的篇幅相当少吧？这是因为和语很少的缘故。”

“和语？”

“区别于汉字词汇和片假名外来语，和语是日本原本就有的词汇。总之，照五十音的顺序排列起来，可以看到词汇都集中在‘あ行’到‘さ行’之间。所以，如果一本辞典正中间的几页是以假名‘す’或‘せ’打头的单词，就意味着这本辞典后半部分内容充实，词汇分布相当均衡。”

“没想到光五十音的前几行就占了辞典的一半呢。”

我从来没注意过呢，岸边心想，交叉双臂注视书口。

“词汇并非均匀地分布在各行，”松本老师微微一笑，充满爱怜地用手指抚摸着书口上的黑色标记，“想要在接龙游戏中获胜，就要避免说出以‘あ行’‘か行’‘さ行’假名结尾的单词，而尽量去想尾音是‘や行’‘ら行’和‘わ行’假名的单词。避免‘怪兽’和‘监查’一类词，而多用‘镰仓’或‘粕取’[①]之类的词，一步步将对方逼入绝境。不过，这样的词很难一下子想到。”

“就连松本老师也会觉得难吗？”岸边惊讶地问道。

① 怪兽（kaijyu）尾音为 u，是あ行假名。监查（kansa）尾音为 sa，是さ行假名。而镰仓（kamakura）的尾音 ra 和粕取（kasutori，意为劣酒）的尾音 ri 皆为ら行假名。

“词汇的海洋广袤而深邃，”松本老师开心地笑了，“我修行尚浅，还无法像海女一样潜入海中采撷珍珠。”

《大渡海》的编纂工作照旧进行，不知何年何月才是尽头。

即使暑假结束了，核对例句的学生们仍然来辞典编辑部报到。以岸边为首的编辑部成员，几乎每天都只能乘末班电车回家。

日复一日地讨论收录的词条、做例句的最终核查、给汉字注音、不断用红笔修正校样。要做的事情实在太多，岸边时而会想“啊”地大吼出来。实际上，她常常把自己关在副楼的厕所里，小声地叫喊，发泄压力。

每逢这种时候，佐佐木便会指着进度计划表和作业项目表安慰她：“没关系的。工作步骤都由我来掌握，如果有遗漏之处，我随时会指出，所以岸边你尽管放心，只需做好眼前的工作就行。”

可是光“眼前的工作”就不胜枚举，而且必须同时进行好几项工作，岸边的脑中一片混乱。每当陷入困境的时候，荒木便会给她注入一针强心剂：

“以第一次参与编纂辞典的新手来讲，岸边做得非常好。你瞧马缔，编出《索科布大百科》的时候风光无限，现在不也一副狼狈样。”

马缔正面对着校样，抱头冥思苦想。突然间，他抬起头，手在半空中比画着，像是在移动箱子一般。

终于，马缔也不堪负荷，玩起了隐形的俄罗斯方块吗……

荒木忙向岸边解释："他是在模拟稿件的最终分量调整，要精简哪些文字、怎样删减行数，才能把所有词条都收录进有限的版面。就和复杂的拼图一样，所以就连马缔也陷入了苦战呐。"

不光编辑部内的作业，与外部交涉的事务也逐渐增多。

作为辞典编辑部的主任，马缔不仅要和营业部、广告宣传部开会，还得和设计师接洽，决定《大渡海》的装帧。

岸边本以为马缔会承受不了外部的重压，垂头丧气地回到编辑部。然而，出人意料的是，他在对外交涉时既坚定又耐心。似乎只要涉及《大渡海》，马缔便会表现出毫不妥协的强硬态度。他把发行日期尽量延后，尽可能充实辞典的内容，直至最后一刻；面对设计师提交的装帧草案，也绝不轻易点头，展现出作为辞典编辑部主任的魄力。

岸边也想参加宣传会议，但编辑部本来就人手不足，实在没法派两个人去开会。像《大渡海》这种规模较大的辞典，广告宣传自然也是大张旗鼓。公司内部的传闻也沸沸扬扬，据说不但请了明星代言，还将配合发行时间在车站张贴大型宣传海报。对此岸边深感不安，马缔究竟对当红明星知道多少呢？

尽管岸边在心中捏了一把汗，可马缔每次和广告宣传部开完会，总是乐呵呵地回到编辑部。

"有你喜欢的明星入围候选人了吗？"

"倒不是，就算告诉我名字，也不知道是谁。"马缔不好意思地笑着说，“不过不要紧，有西冈帮我们出谋划策。”

又是西冈啊！回想起那封吊儿郎当的邮件，岸边不禁叹了口气。即便如此，有原辞典编辑部成员在广告宣传部支持，就好像吃了一颗定心丸。

在公司里被讽刺为“蛀虫”的辞典编辑部以及《大渡海》，经过西岗的奋斗，总算能闪亮登场，一展风采了。

曙光造纸公司的宫本打来了电话。

“终于开发出了极致纸品！”

正逢樱花初放的时节。

春天到了。这是岸边在辞典编辑部迎来的第二个春天。前年七月从 *Northern Black* 调动到辞典编辑部以后，大约一年零八个月时间，她和编辑部的成员们都一直埋头于检查校样。

现在，辞典的前半部分已进入四校，但后半部分仍然停留在三校，而且校对的进度也参差不齐，不知何时才是尽头。

尽管如此，《大渡海》的发行日定在了翌年三月上旬。

春假是辞典销售战最为激烈的时期。因为这时候正值新学年伊始，购买辞典的消费者最多，有为自己准备的，有用作入学贺礼的。

但是照目前进度，明年此时《大渡海》真的能如期完成吗？进展缓慢的编纂工作让岸边焦躁不已。

马缔依旧一脸高深莫测的神情，坐在办公桌前凝视着什么。

正在校对“あ行”的岸边发现了疑问，于是起身请教马缔。

“马缔先生，可以打扰一下吗？”

岸边站在马缔旁边，不经意地瞧了一眼桌上的东西。原来马缔盯着看的是一张河童的图，是为了放到“河童”这个词条下而请插画家绘制的。纤细的线条以写实的风格（话虽如此，但岸边并未亲眼见过河童）勾勒出背负甲壳、手提酒壶的河童。如传说中一样，头顶光秃秃得寸草不生。

“啊，你来得正好，”马缔抬头看向岸边，拉过身旁空着的椅子，示意她坐下，“你觉得这幅河童的插图如何？”

你问我如何……可是我又不懂如何判断河童的好坏。岸边看了看插图，回答：“应该不坏吧。”

马缔疑惑地歪着脖子说：“河童会手持酒壶吗？总觉得只有信乐烧[①]的狸猫才是那样。”

“这么说来还真是……或许是受日本酒广告的影响太深，让人产生了‘河童即酒壶、酒瓶’的印象吧。”

岸边近来也耳濡目染辞典编辑部的风气，对于自己不懂的问题，绝不含糊带过。于是，她暂时搁下想请教马缔的问题，从书架上拿出其他出版社的辞典查阅起来。

“《日本国语大辞典》的河童插图手里什么都没拿。”

---

① 近江国（现滋贺县）甲贺郡信乐乡出产的陶器。信乐窑是日本六大古窑之一（另五个是濑户、常滑、丹波、备前、越前），陶瓷狸猫为信乐烧的代表物。

“果然如此，”马缔交叉双手低声叹道，“只有信乐烧的狸猫才会拿着酒壶嘛。”

“手提酒壶的河童也不坏啊，”岸边坐回马缔旁边的椅子上，“反正真的狸猫也不可能手持酒壶，况且河童会拿着什么东西，我们哪知道啊！”

“不，正因为如此，才更要慎重行事，不是吗？”马缔进入了自言自语的状态，“如果把狸猫手持酒壶的插图放在‘信乐烧’这个词条下，作为代表作品的例子，就合情合理。但是，若用来说明狸猫这种动物，问题就大了。同理，毫无根据地给‘河童’这个词条配上河童手持酒壶的插图，实在有失妥当。何况，有人相信河童是真实存在的，我们不能觉得反正差不多就轻易妥协。”

若是对马缔放任不管，搞不好他真会跑去岩手县远野市捕捉河童。甚至会一本正经地询问捕获到的河童：“请问你会拿着酒壶吗？”岸边脑中浮现出马缔采访河童的身姿，连忙插话：“关于河童的样貌本来就诸说不一，我觉得就保持这样也无妨。如果你很在意这点，就请插画家修改一下，去掉这个酒壶如何？”

“是啊。早知道这么折腾，不如直接引用鸟山石燕[①]的图来得稳妥。”

马缔转向电脑，开始写电子邮件，诚惶诚恐地拜托插画家修

---

① 鸟山石燕，本名佐野丰房，生于正德二年（公元一七一二年），卒于天明八年（公元一七八八年），江户时代的浮世绘画家，以妖怪画而广为人知。代表作《画图百鬼夜行》等。

改插图。一边敲着键盘，马缔似乎想起了什么，开口问道：

“对了，你找我有事吗？”

“我想问下‘爱’这个词条……”岸边把校样递给马缔，“你看，释义‘①将对方视为无可取代的存在，并加以珍惜的心情’，这我能理解。可是，紧随其后的词例却是‘爱妻；爱人；爱猫’，不觉得奇怪吗？”

“有什么不妥吗？”

“当然不妥了！”岸边的声音有些激动，“怎么能把爱妻和爱人并列在一起？这不就和‘无可取代’自相矛盾了吗？让人很想吐槽：‘老婆和情妇，到底谁更重要，给我解释清楚！’还有，把对人的爱和对猫的爱相提并论，再怎么说也太随便了吧。”

“爱没有差别，也没有高低贵贱之分。我对我家猫的爱绝不逊于对妻子的爱。”

“就算如此，您也不会和猫性交吧！”

岸边不禁提高了嗓门，但随即顾虑到兼职学生的目光，下意识地蜷缩起身子。马缔在脑子里搜索着“性交”这两个字，片刻之后似乎明白过来，羞得满脸通红，支支吾吾地说：

“这个嘛，的确……”

“对吧！”岸边仿佛得胜一般，理直气壮起来，“我觉得更为奇怪的是‘爱’作为恋爱之意的释义②。您看，释义里写着‘②思慕异性的心情，常伴有性欲；恋爱’。”

“哪里不对呢？”马缔一副完全丧失了自信的样子，偷偷打量着岸边的脸色。

“为什么只限异性呢？照这么说，对同性抱有伴随性欲的爱慕并珍视对方，这种心情就不叫爱了吗？”

“不，我并没有这个意思。但是有必要解释得那么细致吗……”

“当然有！”岸边打断了马缔的话，斩钉截铁地说，“马缔先生，《大渡海》难道不是新时代的辞典吗？若是迎合主流、被陈腐的思维和感觉所束缚，又怎么能把握日日推移变幻的词汇？怎么能解释清楚词汇万变不离其宗的根源呢？”

“你所言极是，”马缔沮丧地垂下肩膀说，“年轻时，我也曾和你一样，质疑过‘恋爱’一词的释义。然而，现在的我却被繁重的工作遮住了双眼，把这件事忘得一干二净，实在惭愧。”

最近，岸边终于对编纂辞典的工作有了一些自信。她提出的意见渐渐被马缔所采纳，实际感到自己成为了辞典编辑部的战斗力。

岸边怀着安心和自豪，从马缔手中接过“爱”的校样。马缔忽然想起了什么，说道：

“记得西冈对我说过：‘试着去想象查阅辞典的人如何感受，能否对释义感到共鸣。’假设一个怀疑自己性向的年轻人用《大渡海》查阅‘爱’这个词，却发现释义写着‘思慕异性的心情’，他将作何感想呢？我呀，完全没有考虑到这样的状况。”

“没错，”岸边点头赞同，见马缔深深反省的模样，连忙打圆场说，“不过，这也是没办法的事。怎么说马缔先生也是没有烦恼也不懂自卑的精英嘛。”

并没有讥讽的意思，只是单纯地说出了心里话。

“精英？”

“对啊，硕士学位，又娶到了美女为妻，还是编纂辞典的专家。那种身为少数派才有的烦恼，看起来跟你无缘。”

“我给人这样的印象吗？”马缔有些困惑地笑了，“关于‘爱’这个词条，岸边说得很对。那么，要怎么修改呢？”

“我们就尊重爱猫之人马缔先生的意见，只删除‘爱人’这个词例，怎么样？然后，把‘思慕异性’改为‘思慕他人’行吗？”

“嗯，我觉得不错。正好松本老师要过来一趟，到时再征求下他的意见。”

这时，曙光造纸的宫本打来电话，告知《大渡海》专用的纸张样品已经做成了。

“太好了！”马缔喜形于色，环视编辑部一周后说，“不过，这里没有可以摊开纸张样品的空间啊。”

兼职学生和校对人频繁地出入编辑部，室内的桌子上都堆满了校样。

“岸边，不好意思，麻烦你去趟曙光造纸，确认样品好吗？只要品质符合要求，就可以请他们开始批量生产了。”

用于辞典的纸张不仅特殊而且用量大，最迟也必须提前半年开始生产，不然就赶不上出版时间。但是，如此关键的环节，岸边独自一人难以定夺。

“马缔先生你不去吗?”

“我得和松本老师商谈事情,”马缔看着岸边,用力地点了点头,“别担心,岸边已经是独当一面的辞典编辑了。不但能正确地指出内容上的不妥之处,也一直参与了纸张样品的评定,请相信自己的判断。”

被委以重任的岸边带着紧张走出了玄武书房。

大部分樱花还未绽放,外面却下起冷冰冰的细雨,呼出的气息也微微泛着白色。岸边撑着透明塑料伞,余光扫过被雨水淋湿而更显鲜艳的花蕾,快步走向地铁站。

虽然刚才在马缔面前说得振振有词,但其实岸边对编纂辞典仍然没什么自信。质疑“爱”的释义,认为不应该只限于异性恋,也只是出于偶然。

大学时代同研究室的一个男生,在毕业前的聚会上突然向大家坦诚:“其实,我是同性恋。”

事实上关系比较亲近的朋友都隐隐察觉到了,当时在场的人,包括岸边,险些脱口而出:“嗯,我们知道。”但最后还是硬生生地咽了下去。因为大家深知,那个男生挣扎了许久,才终于鼓足勇气坦诚。于是,大家回应道:“是吗?”“喝酒吧。”那之后也一如既往地保持着交往。

因为有过这样的经历,岸边才能对“爱”的释义敏感地做出反应,仅此而已。可是自己却把马缔称为“没有烦恼也不懂自卑的精英”，想来实在羞愧。岸边走在路上，不由得脸红起来。

我不过是稍稍熟悉了编纂辞典的工作而已，就一副什么都懂的口气，真不害臊。因为《大渡海》马缔有多么苦恼，我明明就一直看在眼里啊！既算不上精英，又没有什么烦恼和自卑感，一直活得浑浑噩噩的，难道不是我自己吗？

每当遇到人生的分歧点，我总是随波逐流地朝着安稳的方向行进，糊里糊涂地过日子，漫无目的地工作。

投身编纂辞典的工作，认真与词汇正面交锋之后，感觉自己有了些许改变。岸边这么想着。词汇拥有的力量，不是为了带来伤害，而是为了去守护、去传达，为了和他人彼此相连。意识到这点之后，岸边开始探究自己的内心，尽力去理解周围人们的心情和想法。

通过编纂《大渡海》，岸边才第一次想要真正掌握词汇这个崭新的武器。

曙光造纸的总公司大楼面向银座的繁华大道而建。岸边被带到了八楼的会议室。

迄今为止，检验样纸的会议都是在郊外的造纸厂一边看实物一边进行。这次似乎是最终完成了样品，于是特地拿到了总公司。不单宫本到场，连第二营业部的科长、营业部长、纸张的开发负责人以及开发部长都齐刷刷地出现在会议室。

开发辞典专用纸原来是如此大规模的工作。

岸边慌慌张张地一一问候，生怕对方会不满地认为竟然只派了个新手来验收。她早将先前的反省忘得一干二净，在心里一个劲儿地咒骂马缔脑子不开窍。

然而，岸边的担心完全多余了。曙光造纸的众人和蔼的表情中透露出些许紧张，恭敬地向岸边回礼。会议室中央的大桌子上，放着一叠纸张样品。

“这就是《大渡海》的专用纸吧。”

岸边向桌子靠过去，营业部长等一干人立刻分成两列让出路来，简直就像《出埃及记》的摩西分开红海一样。

“这是我们开发部竭尽全力制成的样纸，”宫本代表众人说明道，“在滑润感方面，我们花了很多心思。”

开发部的两个人不住地点头赞同，看来他们为达到马缔的严格要求而煞费苦心，夜以继日地埋头研究。

岸边轻轻地触碰宫本所说的“极致纸品”，薄而光滑，手感绝佳。虽然皮肤感觉清清凉凉，但纸张的色泽略微偏黄让人感到温暖。岸边拿起纸对着光线看去，发现纸面泛出朦胧的红色。这便是宫本引以为豪、只有曙光造纸才能调和出的色泽。

“我们试印过了，纸张对墨水的吸附力无可挑剔，也不会透墨。”

宫本忐忑不安地毛遂自荐着。会议室里的其余几人似乎在声援他一般，猛烈地点头。

被马缔指出缺点之后，宫本不畏失败反复摸索，先后四次拿着改良的样品来编辑部，还多次拜访认真听取要求。每次都由岸边负责接洽，她和宫本一起围绕纸质交换各种意见，仔细商讨。

尽管岸边身为玄武书房辞典编辑部的一员，却已经和宫本情同战友。虽然不会在验收的时候放水，但也算为了宫本，她真切期望这次的样品的的确确是“极致纸品”。

为了尽可能帮到宫本，也为了开发出最适合《大渡海》的纸，岸边在这一年零八个月的时间里，接触了各种各样的辞典。虽然使用的时候并没有在意，的确不同的辞典、不同的出版社，所用纸张的色泽、手感以及翻页时的顺畅度也完全不同。岸边反复翻阅编辑部的辞典，用指尖品鉴纸的质感。最后熟练到闭上眼睛只需一摸，就基本能准确分辨是哪家出版社的哪部辞典。连佐佐木都不禁感叹：“要是有辞典品鉴师的话，你肯定能拿到一级资格。”

眼前的样纸，无论是色泽、厚度还是手感都远远超过了合格的分数，但关键还得看滑润感。马缔最为重视的滑润感，是否做到了呢？

岸边默默咽下一口唾沫，缓缓地翻动样纸。一页、两页……如同翻阅辞典一般，她翻动着厚厚一叠的样纸。

片刻之间，寂静笼罩着整个会议室，使得耳朵隐隐作痛。终于按捺不住打破沉默的是开发负责人，一位约摸三十五岁、戴着眼镜的清瘦男子。

“怎么样？”

开发负责人注视着岸边，脸上交织着自信和不安。

岸边本想开口称赞，却因为激动而声音嘶哑，急忙清了清嗓子，说：

“太完美了！”

会议室爆发出欢呼声。开发负责人喜不自胜地高举双手，开发部长和营业部长热烈地握手，宫本和营销科长则百感交集地紧紧拥抱在一起。岸边第一次见到中年男性如此不加掩饰地表达心中喜悦。

“太好了！”

宫本拥抱完科长，用衬衫的袖子擦了擦脸。他脸上不知是汗水还是泪水。

“我们也觉得这回应该能成功，但最终能得到岸边小姐的肯定，实在是太好了！”

宫本竟然这么信任我，尽管在纸张方面我还几乎是个外行。岸边开心极了，不禁回想起和宫本反复开会商讨的日子。现在终于造出了“极致纸品”，看到曙光造纸的众人欢欣雀跃的样子，岸边也差点儿喜极而泣。

她慌忙把视线投向样纸。

曙光造纸开发出的《大渡海》专用纸，只能用“完美”这个词来形容。翻页的时候，纸面就像吸附在指腹上一般，但是却不会一下子粘连起好几页，也不会因为产生静电而黏在手指上。仿佛干透的砂一样，爽快地从手指脱落开来。

完美的滑润感。这样的纸，马缔一定也会心服口服。

“哎呀，可算放心了，”由于兴奋，营业部长的声音格外响亮，“纸的质感毕竟是主观感觉。为了把玄武书房的要求准确传达给开发部，我们科长可是煞费苦心啊！是吧，浦边。”

被部长点到名字的营销科长有些怯懦地笑了笑，应了一句：“哎，还好啦。”与性情豪爽的部长相反，科长倒显得温和稳重。

“于是我就严肃地对他们说，”营业部长继续他的高谈阔论，“你们开发的纸，得像‘交往时用情深厚，而分手时绝不拖泥带水的女人’那样。我这个比方如何？把所谓的滑润感表达得淋漓尽致吧！”

才怪呢。虽然心里这么想，岸边还是面带微笑地听着部长的发言。恐怕这个难懂的比方给开发部带来了不少混乱吧。

“那么，确定了具体发行数量和大致页数之后，请通知我们。”宫本打断了营业部长的大论，生怕他继续讲下去会对岸边造成性骚扰，并用眼神给岸边赔不是：“真是抱歉，我们部长就这副德行。”

“辞典的后半部分应该能在梅雨季前进入四校，到时立刻与贵公司联系。”岸边应承，同时不忘用眼神回答宫本：“没什么，我一点儿都不介意。”

只要确定了发行数量和页数，就能计算出纸张的用量，这时就能开始批量生产纸张了。

“抄纸机已经准备好了。”

开发部长干劲十足地说。开发负责人笑容满面地把“极致纸品”当作礼物交给岸边。那是装订成册的样纸，辞典开本大小，大约一百页。

岸边正在担心“万一我的判断有误就糟了”，这份礼物来得刚刚好。保险起见，把这个带回去请马缔做最终确认吧。

提着装有“极致纸品”的纸袋，岸边告辞了曙光造纸公司。众人送她到了电梯门口。

“不重吗？”

宫本盯着纸袋，不放心地问。

“这点重量没问题的。多亏了曙光造纸公司开发出又轻盈又优质的纸张。”

听了岸边的回答，宫本羞涩地挠挠鼻尖。

“我送岸边小姐到楼下。”

说罢便与岸边一起走进电梯。

“哦，那就拜托你了。那么，今后也请玄武书房多多关照！”

“彼此彼此。真的非常感谢！”

相互鞠躬致礼的当儿，电梯门合上了。电梯里没有其他人，岸边突然意识到自己和宫本两人独处密室。

“啊，悬着的心一放下，突然就觉得浑身无力。”

宫本耸了耸肩。

“辛苦了！你们开发出这么出色的纸，我们也要更加用心充实辞典的内容。”

“岸边小姐，”电梯到达一楼，两人走向正门的时候，宫本开口了，“方便的话，今晚能一起用餐吗？为庆祝‘极致纸张’的诞生。”

透过入口的玻璃门，只见天色已渐渐昏暗起来。

“就我们俩？”岸边问。

宫本点头说：“就我们俩。不行吗？”

“好啊。不过，请让我做东，祝贺你完成‘极致纸品’。”

两人相互推辞了一番，最后宫本妥协了。

“我去拿外套和包，马上就回来，请在这里等我。”

宫本说罢便转身折返，似乎连电梯都等不及，匆忙地跑上楼梯。

岸边趁机打电话回编辑部。

“你好，辞典编辑部。”

“马缔先生，我是岸边。纸张棒极了！”

“那太好了！悬而未决的事情总算少了一桩。”

“我还拿到了样品……不过今天可以直接下班吗？”

“行。只要岸边小姐觉得没问题，我也不必再确认样品了。”

“不，明天我会把样品带去公司。另外……”岸边吞吞吐吐地说，“可以用公司的经费请宫本先生吃饭吗？”

“当然可以。我正要和松本老师去‘七宝园’，要在店里会合吗？”

马缔这人，偶尔也会细腻地顾虑对方，但几乎都是白费心思。

不用说，想和宫本单独用餐的岸边，郑重地拒绝了马缔的提议，打电话预约了心仪的餐厅。

神乐坂的夜晚，总是带着湿漉漉的光辉。

沿着石板小路，岸边带着宫本来到“月之隐”。拉开格子门，就听见站在吧台内侧的香具矢招呼“欢迎光临”。看得出她努力想要表现得和蔼可亲，但事实上脸颊光滑的皮肤只是略微动了一下。尽管她操作料理刀具的手法细腻得无可比拟，但与人接触时却依然那么笨拙。

宫本饶有兴味地环视着由民居改建的店内。两人在吧台前落座，从香具矢手中接过湿毛巾。店里的年轻服务生似乎因为感冒请假了。

时间尚早，所以客人只有岸边和宫本。两人吃着开胃菜，端起冰镇啤酒干杯。开胃菜是日式凉拌菜，柚子醋腌鮟鱇鱼肝佐以香辣萝卜泥。鮟鱇鱼肝香醇嫩滑，入口即溶。

香具矢面无表情地站在吧台里忙碌着，掐准时间把一道道美味佳肴摆上吧台。温度和厚度都拿捏得恰到好处的刺身拼盘、在烤箱中微微烘烤过的纳豆酿油豆腐。

“真好吃！”宫本开心地吃着菜，“这家店真不错。”

“纳豆和油豆腐都是家常食材，但我就没法烘烤得这么酥脆呢。”岸边也表示赞同。

两人一边从啤酒过渡到白薯烧酒，一边对菜肴赞不绝口。香具矢有些害羞地低下头。今晚，她也仿佛女版高仓健，深沉又帅气。

“辞典编辑部为我开欢迎会的时候曾经来过这里。”

岸边说完窥探着香具矢的反应，见她似乎并没有要保密的意思，便接着说道：

“这位林香具矢小姐，是马缔的夫人。”

“咳咳！”

宫本被烧酒呛到，慌忙用湿毛巾擦了擦嘴边。他轮番打量着香具矢和岸边，好半天才确定她不是在说笑。

“那位马缔先生，竟然结婚了！”

姑且不说香具矢的结婚对象是马缔，马缔已婚这个事实首先就令人难以置信。

“到底是怎样的契机……”

说到一半，宫本貌似意识到这个问题太过冒失，于是含糊带过。

香具矢毫不在意地答了一句：“我们住在同一家寄宿公寓。”

《大渡海》的纸张开发大功告成，并且和宫本一起共享美食，岸边不禁心情激昂。酒劲儿也比往常上来得快，此刻她的脸颊已经微微发烫。借着醉意，岸边索性刨根究底地问香具矢：

“请问你看上了马缔的什么地方啊?”觉得这样未免失礼，她急忙补充了一句，“当然，我知道他有很多优点……”

“为辞典倾尽全力的地方。”

香具矢一边仔细观察着烤土鸡的火候，一边回答。接着迅速盛盘，并配上用于调味的柚子胡椒，端上吧台。土鸡的皮烤得香脆可口，鸡肉鲜嫩多汁，仿佛奇珍异果一般在口中化开。

“太好吃了!”

岸边和宫本异口同声地赞叹，禁不住追加了烧酒。

香具矢微笑着说:

“表达对菜肴的感想，不需要复杂的辞藻。仅仅一句‘好吃’，或是品味时的表情，对我们厨师而言便是最大的回报了。但是，修炼厨艺却离不开词汇。”

第一次听到香具矢说这么多话，岸边不由得放下筷子，侧耳聆听。

“我十多岁起就走上了厨师这条路，但直到邂逅马缔，我才意识到词汇的重要性。马缔总说，记忆就是词汇。过往的记忆常会因为芳香、味道及声音而被唤醒，其实，这就是把以混沌状态沉睡在脑中的片段转化为词汇的过程。”

双手不停地洗着餐具，香具矢继续说道:“吃到美味佳肴的时候，要如何把味道转化为词汇保存到记忆里，对于厨师而言，这是至关重要的能力。专注于编纂辞典的马缔让我领悟了这一点。”

写出那样莫名其妙的情书，难不成他在家里就判若两人，不仅能给香具矢工作上的建议，还懂得用温言软语倾吐爱意吗？岸边实在难以想象，于是追问：

“马缔先生在家里很擅长表达情感吗？”

“不，他总是默默地读书。”

果不其然。岸边有些失望。一旁的宫本却钦佩地点头说：“我明白你的意思。我在造纸公司工作，要将纸的色泽和手感用词汇传达给开发负责人，绝非易事。但是经过反复沟通，双方的认识完全达成一致，最终开发出理想的纸，那种喜悦真是无可取代。”

创造事物离不开词汇。岸边忽然想到了遥远的太古，在生命诞生之前，覆盖着地球的广袤大海。那是一片混沌未开、蠢蠢欲动的浓稠液体。在人的体内，也有一片同样的大海。名为词汇的霹雳落于海面，才催生了万物。爱也好心也好，都被词汇赋予了形态，从黑暗的大海中浮现出来。

“辞典编辑部的工作还顺利吗？”

难得香具矢会主动发问，岸边笑容满面地回答：

“刚开始真是一片茫然，但现在不仅干得愉快，还觉得特别有价值。”

刚调动过来的时候万万没有想到，有一天自己竟能怀着如此明朗的心情说出这番话。

接连来了两组客人，香具矢也忙碌起来，尽管如此，仍然看准时机给岸边他们上菜。岸边和宫本一边吃着茶泡饭、水果以及自制香草冰激凌，一边谈笑风生。

“和马缔先生一起工作是什么感觉?”顾虑到香具矢，宫本小声问，“总觉得他挺难接近的，好像是个怪人。”

宫本的口气并无恶意，只是单纯的好奇。

“怎么说呢，”岸边故作认真地思考片刻，“比如，现在我们正为男人和女人的事情争执不已。”

“什么?”

“不是啦！我是指辞典里的‘男’和‘女’这两个词条。”

岸边慌忙补充了一句，宫本这才明白过来。

“我中学的时候曾经用辞典查过‘女’字。”

“……为什么查这个字啊?”

“呃，那时正值浮想联翩的青春期嘛，”宫本不好意思地辩解，“谁知辞典上写着‘非男性的性别’，让我大失所望。”

“正是这点!”岸边不禁提高了嗓门，“比如说《广辞苑》对‘男’字的解释是‘人的性别之一，非女性的一方’；对‘女’字的解释则是‘人的性别之一，拥有生育后代的器官’。而《大辞林》里的释义是这样写的：‘男，具有让女性怀孕的器官及生理机能的性别’；‘女，具有生育小孩的器官及生理机能的性别’。”

看到岸边不满的神色，宫本也歪着头思考起来。

“嗯……你的意思是，诸如 new-half[①] 之类的人也应该包括进去吗？”

“用二分法将性别分为男女，就算从生物学的观点来看，也有些过时了。为了解释一个词而使用另一个词，并定义为‘并非后者’，这是辞典的常用手法。但是，就算解释‘左’和‘右’这么简单的词，也是下了一番功夫的！”

“是怎样解释的？”

“请用手上的辞典查查看吧，”岸边吃完冰激凌，喝了一口热茶，“或许辞典这么写万不得已，但是，以怀孕为标尺来界定男女，简直不可容忍！何况这世上性别认同障碍的人也不少，比如把女性解释为‘非男性的性别，或自我认知为此的人’，拓宽释义的空间，不是更好吗？可是马缔却说‘这样改未免操之过急’，不肯采纳。”

“日常对话中可不太能听到‘操之过急’这个词啊！”宫本感叹的重点有些奇妙，“不过，我觉得岸边说得很有道理。也为了那些满怀憧憬，用辞典查‘男’和‘女’的中学生，希望辞典上的释义能更无拘无束、深入核心。”

“辞典必须谨慎，所以难免有保守的一面，”岸边轻轻叹气，“有时简直就像个顽固的老头子。”

---

① 日语生造词。指在生物学上为男性，但在精神、外表、身体等各方面都向往女性化、并努力女性化的人，抑或已经接受变性手术的人。

“马缔先生吗?”宫本故意打趣。

听到岸边回答:“是辞典啦!”他爽朗地笑着说:“正因为顽固,才值得信赖,也令人敬重。这次工作给了我跟辞典打交道的机会,让我懂得了这点。”

吃完了饭,两人还意犹未尽不愿就此告别,于是转战附近的酒吧,各自喝了两杯。第二家店是宫本请客。

为了乘出租车,两人走到大路上。这时宫本开口了。

“岸边小姐,可以告诉我你的手机号码和电子邮箱吗?”

岸边迅速从包里掏出手机,用红外线通信和宫本交换了联络方式。那模样就好像老大不小的人玩着遥控汽车似的。连手都没牵过的两人,彼此的手机却几乎快亲吻在一起了。莫名的愉悦让岸边笑了起来,或许是醉了吧。宫本也笑了。

宫本帮岸边叫了出租车,道声“晚安”,挥手告别。车发动了,只留下宫本站在原地。

毗沙门天的朱红大门[①]越来越小。

捏在手中的手机震动起来,收到了邮件。

标题:感谢款待

正文:今天非常开心!我也会为了《大渡海》全力以赴。如果可以,改天再一起吃饭好吗?

---

① 指位于神乐坂的善国寺。

岸边立刻回了信，透过车窗眺望夜晚的街道。今天也有许许多多的词汇在空中飞舞交错。

心中的喜悦化作满面笑容，又生怕让司机觉得诡异。岸边轻轻地咬住脸颊内侧的黏膜，努力保持着一本正经的表情。

五

岸边小姐最近突然干劲十足。马缔光也边想边瞄了一眼在办公室接电话的岸边绿。

尽管为秋季花粉所困扰，岸边仍然以开朗得体的语气应答着。虽然口罩遮住了脸的下半部分，但她的皮肤和头发却泛出美丽的光泽。

不行不行，这算是性骚扰了吧。马缔把视线移回在桌上展开的四校样上，只用耳朵聆听着岸边的声音。并非对岸边产生了爱慕之情，而是因为电话那边是个相当棘手的人物。

辞典编辑部常会接到使用者打来的电话，指出印刷错误，或是询问为什么没有收录某个词条，等等，什么样的内容都有。为了编出更好的辞典，玄武书房辞典编辑部一直认真听取使用者的各种意见，并加以归纳整理。

不过，其中也有让人伤脑筋的电话，现在岸边应对的人便是如此，编辑部称他为“へ[①]先生”。

每当季节更迭之时——也就是春秋两季——“へ先生”就几乎每天都打来电话。似乎一到这个时节他便会在意起助词“へ”的用法，无论是跟人聊天时，还是读报时，都会为“へ”的用法纠结不已。

当然，人们在日常生活中频繁使用助词“へ”，但都是信手拈来，并没有放在心上。然而一旦留意起来，“へ”的确是无处不在。“へ先生”每每纠结起来便会致电编辑部询问：“这种状况下‘へ’相当于《玄武学习国语辞典》释义中的第几个意思呢？”尽管很想回一句“鬼才知道”，但岸边还是耐心地应对着“へ先生”。跟曙光造纸的宫本交往之后，她对工作的热情也日益高涨。

“‘飞向月球的火箭’的‘向’是表示方向的‘へ’，所以是释义①。什么？‘回到家，被母亲骂了一顿’的‘到’？嗯，这个嘛……我觉得应该是释义④。对，就是包含‘紧迫语感’的‘へ’。”

岸边肯定地回答。马缔却在心里提出异议。不，这样回答欠妥吧。如果是“刚到家，快递就送来了”这样的句子，则符合释义④“包含紧迫语感”。马缔暗暗分析起来。

---

① 日语片假名。作为助词使用时读作“e”，表示“动作的方向”或“作用的着落点”等意，相当于中文的“到”“向”。

“回到家，就被母亲骂了一顿”的“到”的用法应该是释义②“表示动作或作用的着落点”才对。

嗯，是这样没错。

马缔心想，必须告诉对方正确答案，于是站起身来。这时，恰好松本老师从洗手间回来，环顾编辑部一周后他似乎察觉了状况，挥手示意马缔坐下。

“交给岸边处理吧，没问题的。”

“可是，岸边小姐的回答有误。”

“那位‘へ先生’啊，只要编辑部的人陪他一起思考找出答案，就会心满意足了。要是马缔接过话筒，给出不同的答案，只会让他更加混乱吧。”

马缔觉得老师言之有理，又坐了回去。松本老师也回到旁边的座位，继续检查起四校的稿子。

望着松本老师的侧脸，马缔不禁有些担心。老师气色不好，近来似乎又消瘦了一些。只因为老师原本就清瘦如鹤，所以变化并不明显。

“老师，您累了吧？”

看了看时钟，正好显示六点。松本老师今天一大早就闷在编辑部里，午饭也没吃什么像样的东西。

“今天就到此为止吧。老师方便的话，找个地方一起吃晚饭吧。”

听到马缔的提议，老师终于放下红铅笔，从校样上抬起视线。

“谢谢。不过，马缔你吃完饭还要继续校对吧？”

“不要紧。”

马缔的确打算工作到末班电车的时间，但晚饭总得要吃。拿起挂在椅子上的西装外套，马缔确认了一下口袋里的钱包。

“老师想吃点什么？”

马缔一边询问松本老师，一边帮忙收拾桌上的文具。老师慢吞吞地把铅笔和橡皮擦装进磨旧的皮制笔袋里。

“一整天都坐着，肚子也不怎么饿，吃荞麦面怎么样？”

“好，那我们走吧。”

马缔拿好老师的包，对兼职学生说了句：“我们先去吃饭。”然后和松本老师在众人的“慢走”声中离开了编辑部。还在应答电话的岸边朝松本老师点头致意，向马缔轻轻挥了挥手。看来“へ先生”对于助词“へ”的钻研热情仍在熊熊燃烧着。

老师缓缓地走下副楼昏暗的阶梯。

真是岁月不饶人啊！马缔陪着老师下楼，忽然感慨万千。这也难怪，第一次见老师，已经是十五年前的事了。初次见面时就已是鹤发老者了，现在到底多大年纪呢？

真想尽早完成《大渡海》。或许正因为已经熬到了最后一关，马缔的心中反而充满了强烈的焦躁感——不赶快的话就来不及了。什么来不及啊，真不吉利！马缔慌忙打消了这个念头。

松本老师的包里似乎塞满了资料，跟往常一样沉甸甸的。老师能提着这么重的包来玄武书房，身子骨应该还算硬朗吧。但是，以前的话，老师一定会要求晚饭去“七宝园”吃中餐。

或许老师顾虑到马缔吃完饭还要回公司加班，才特意指定了能速战速决的荞麦面。也可能真的是身体不适。

察觉到马缔关切的目光，老师不好意思地笑了。在楼梯的转弯处停住脚步，略微调整呼吸。

“真是不能不服老啊！最近稍微走几步就气喘吁吁的。”

“还是叫外卖吧。”

“不了不了，我吃完就直接回家，不能因为我妨碍到大家工作。而且，我也想呼吸一下外面的空气。”

老师边下楼边说：“今年夏天特别炎热，我身体状况一直不太好。不过这几天凉快起来了，体力应该很快就会恢复吧。”

出了玄武书房的副楼，两人向神保町的十字路口走去。如老师所说，拂面的清风里已经感觉不到夏日的残余，夜晚的降临也比之前更早了，明亮的星星在高高的夜空中闪耀着银色的光芒。

常去的荞麦面店里坐着几位上班族模样的客人，都忙着填饱肚子。老板娘心领神会地带着马缔和松本老师坐到能看电视的席位，用遥控器调大了音量。这是对松本老师的特别服务。就连吃饭的时候，老师也拿着词例收集卡，仔细聆听电视里传来的声音。

这家店的菜单早已背熟，马缔和松本老师根本不用翻看菜单。

“老师，要喝一杯吗？”

“不了，今天就算了。”

果然还是身体不适啊。换作往常，老师一定会喝上两合温酒。

“因为这星期已经在家里喝过了。”

老师解释了不喝酒的原因，马缔的担心反而升级为不安。

恰好老板娘过来点单，马缔点了年糕乌冬，松本老师点了山药泥荞麦面。

“不过，马缔也长成能独当一面的大人了啊！”点好餐，老师重新转向马缔说，“让你这么操心，真是对不住。”

和老师初次见面的时候我就已经是大人了啊……马缔有些不解，但转念一想，那时候的自己确实连一杯啤酒都倒不好。

刚调到辞典编辑部的时候，对工作流程一无所知，跟同事相处也不顺利，那时的心情如同蒙着眼睛走在迷宫中一般。

而现在，《大渡海》编纂工作几乎由马缔独挑大梁。指挥总数超过五十人的兼职学生，连日跟广告宣传部及营业部开会，同时不停地修正校样，有时还要指导部下岸边的工作，俨然与生俱来的辞典专家。

“能力未及之处还很多。”

马缔羞涩起来，连忙喝了口刚端上的热茶。松本老师在词例收集卡的角落写下“瀑布汗？”几个字。电视里正好在播《突然流汗——揭开自律神经之谜》的特别节目，回答街头随访的男女老少中，有一对女高中生：“哦，莫名其妙地出汗？有过有过！”“突然就一身狂汗啊！”“嗯，简直是瀑布汗！”老师听到就立刻记录下来。

不对啦，老师，女高中生说的“瀑布汗”，恐怕并非自律神经的问题，而是因为今年夏天的酷暑吧。而且这个词，应该是朋友间使用的流行语，没必要记录的。虽然很想这么说，但看到老师一脸认真，马缔把话咽了下去。

年糕乌冬和山药泥荞麦面端上了桌，老师这才停笔。

“目前进展顺利吗？”

“是的，按照计划，明年春天就能出版了。”

马缔和松本老师一边啜着乌冬和荞麦面，一边交谈。

“真叫人好等啊！”松本老师用木勺子舀起山药泥，微笑着说，“不过，辞典完成之后才是重头戏。为了进一步提高辞典的精准度，出版后仍要努力收集词例，为修订、改版做好准备。”

日本最大型的辞典乃是《日本国语大辞典》，在初版发行后时隔二十四年才推出第二版，收录的词条数量也由四十五万增至五十万。编辑和执笔者灵活应对如生物般不断变化的词汇，毫不松懈地搜集，锲而不舍地精心打造出这部辞典。第二版正是这番努力的最佳佐证。

“我会铭记于心。”

马缔嘴里咬着年糕，一本正经地点头。年糕顺着嘴唇耷拉下来，像白色的舌头一样摇曳着，黏到了下巴。真烫！

松本老师和往常一样，就连吃饭的时候都满脑子只想着辞典。老师的视线投向远方，若有所思地说：

“马缔，想必你也知道，在国外，国语辞典，比如《牛津英语大辞典》和《康熙字典》，多是由皇室设立的大学或在当权者的主导下编纂而成。也就是说，编辞典由国家投入经费。”

“对为经费不足而挣扎的我们来说，真是令人羡慕。”

“的确。你知道为什么国家要投入经费编辞典吗？”

马缔停下夹乌冬的手，回答：

“因为编纂国语辞典有关国家威信，对吧？语言文字是民族身份认同的关键，为了巩固国家，必须在某种程度上统一并支配语言。”

“正如你所说。反观日本，几乎没有在官方主导下编纂的辞典，”松本老师剩下一半荞麦面，搁下筷子，“日本近代辞典的滥觞是大槻文彦的《言海》。但就连这部辞典，政府也没有拨出一分一厘。大槻先生倾尽一生独自编纂，最后自费出版。如今，国语辞典也不由公共团体出资，而是各家出版社自行编纂。”

难道老师的意思是，不管三七二十一，试着申请政府的补助金吗？马缔略带迟疑地说：

“因为政府和行政机关对于文化的敏感度比较迟钝吧。”

“我年轻那会儿也想过，如果资金能充裕一点儿就好了，”老师在桌上交错着双手，“然而，如今却觉得这样反而值得庆幸。”

“此话怎讲？”

“一旦政府投入资金，就很可能干涉内容。再者，因为关系到国家的威信，语言文字便可能沦为巩固权威和统治的道具，而非传达鲜活心情的手段了。词汇和承载词汇的辞典，常常处于个人与权力、内心自由和国家统治的危险夹缝中。”

一直以来，马缔忘我地投入到编纂工作中，从来没有考虑过辞典本身所拥有的政治影响力。

松本老师静静地说：

“所以，就算资金匮乏，也不依靠国家出资，而是由出版社、由作为个人的我和你，孜孜不倦地编纂辞典。我们应该为这样的现状感到自豪。我花在编纂辞典上的岁月，已经无法用‘半辈子’一词衡量，现在更是重新认识到了这点。”

“老师……”

“词汇，以及孕育词汇的心灵，和权威和权力无关，应该是自由的，也必须是自由的。我们要为所有希望自由航行于词汇这片大海的人，打造一艘船——这便是辞典《大渡海》。为了这个目标，我们继续奋斗下去吧！”

松本老师淡然地说着，但他话语中蕴含的热情，却仿佛波涛一般拍打在马缔的胸口。

吃完饭走到大路上，马缔硬把老师和手提包摁进了出租车。哪能让食欲不振的老师乘电车回家呢？然后，把出版社派发的稀有物品——出租车券塞到过意不去的老师手中。

“那就此告辞了，老师。下次也请多多指教。”

隔着车窗，松本老师满脸歉意地低头致意。目送出租车离开后，马缔返回了编辑部。面对《大渡海》的编纂工作，他心中又重新涌起了斗志和动力。

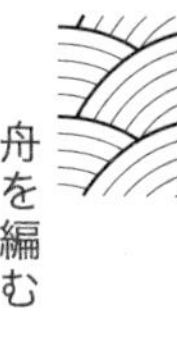

和松本老师交谈后，过了三天。

那天晴空万里，即便身在窗户几乎都被书架挡住的编辑部，也感到神清气爽。

马缔和往常一样，大清早就坐在办公桌前开始了工作，荒木突然跑了进来。

“马缔，大事不妙！”

荒木的手里抓着一大张纸——正是目前编辑部众人正在着手检查的四校稿。

看到荒木大惊失色的模样，马缔腾地从椅子上站了起来，而荒木不等马缔站稳便把纸摊开在桌子上。

“快看这里！”荒木指着以“ち”开头的词条那页，“漏掉了‘血潮’！”

“什么?！”

马缔用手指推了推滑落的眼镜，仔细查看校样。词条按照读音顺序排列，“致死遗传子”“千入”“知识”……如荒木所说，唯独不见“血潮”的踪影[①]。

“这的确是让人鲜血凝固的严重事态。”

“马缔，现在可不是开玩笑的时候啊！”

① 按照日文读音，“血潮”应位于“千入”和“知识”之间。致死遗传子（ちしいでんし）：致死基因；千入（ちしお）：指反复浸入染料中上色的方法，或指染出的色泽及以此法染色的物品；血潮（ちしお）：指涌出的鲜血；热血、热情。

马缔一本正经地描述感想，却被荒木当作玩笑而受到责备。马缔感到自己脸上血色尽失，但还是重振精神，思考起善后对策。

“这已经是四校了，必须调整行数，无论如何也要把‘血潮’这个词条放进去。”

荒木苦着一张脸点了点头。

“也只能这么办了。但问题是，这都已经到四校了，为什么没人注意到呢?”

“我们应该彻底检查一遍。把所有人都动员起来，包括兼职学生，从头开始梳理四校。”

一想到这会浪费大量时间，马缔便感到一阵眩晕，但也可能存在其他疏漏，总比没发现好。马缔进一步提议：

“我觉得有必要查明为什么会漏掉‘血潮’的原因。”

或许是感到了紧张的气氛，岸边、佐佐木以及来上班的兼职学生都聚集到了马缔的桌边。

“佐佐木女士，请检查一下词例收集卡。”

遵照马缔的指示，佐佐木立即向资料室保管卡片的书架跑去。

“马缔主任，确实有‘血潮’的卡片，”片刻之后，佐佐木回到办公室，把“血潮”的相关资料递给马缔，“你看，这个词标有采用的符号，文稿内容也是主任写的。”

明明写好了稿子，不知为何却在发稿的时候漏掉了。佐佐木拿来的一校到三校的稿子上，“血潮”突然就不见了踪影。

马缔刷地站了起来。

“各位，非常抱歉，出现了紧急情况！请暂停手上的工作，全体动员起来核对四校。”

紧张的气氛在编辑部内弥漫开来，所有人都默默地围着马缔，等待进一步指示。马缔开始说明核对的步骤：

“我们只能挨个确认词例收集卡上标明‘采用’的词汇，是否全部收录在校样里。现在马上尽可能地召集人手，我们会按人数分配核对的数量，请各位一定仔细检查自己负责的部分。不管花上多少天时间，就算驻扎在编辑部，也要完成这个任务，”马缔望着在场所有人的脸，“为了不让《大渡海》带着漏洞出航！”

编纂工作进行到最后阶段，却不料出现了这么大的纰漏，但是决不能在这里泄气。荒木、佐佐木、岸边以及年轻的兼职学生们都鼓足了干劲，表情仿佛在说：“既然如此，就彻彻底底地大干一场吧。”

“各位，请先回家一趟，准备好驻扎编辑部所需要的换洗衣物和用品，从今晚开始留宿，快马加鞭地赶工。”

听到马缔的宣言，众人没有丝毫退缩。岸边即刻坐到电脑前发起邮件，估计是联络宫本“暂时无法见面”吧。兼职学生们有的大喊一声“好嘞”重振精神，有的提议“回趟研究室把同学也叫来”，反应不一，但都乐观而积极。现在的状况，或许跟所谓危急关头的亢奋相似。

环视着值得信赖的众人，马缔自然地低头致意。

从西冈调动后直到岸边就任的漫长岁月，马缔作为辞典编辑部唯一一名正式员工，一点一滴地继续着《大渡海》的编纂。也曾灰心丧气，怀疑《大渡海》或许不会迎来问世的一天了，但所有的努力并没有白费，因为现在，有这么多人为了《大渡海》而积极行动着。

突然，电话铃声响彻了众人频繁出入的编辑部。岸边立刻拿起了听筒。马缔心想或许又是“へ先生”，就没怎么在意。然而与电话那头交谈了几句以后，岸边的表情渐渐沉重起来。

“马缔先生，”结束通话后岸边拿着便笺走了过来，“刚才是松本老师的夫人，她说老师住院了。”

岸边递来的便笺上写着都内一家大型医院的名字。虽然不清楚详细病情，但一股不祥的预感袭上马缔心头，半天无法动弹。

由“血潮”而引发的骚动，后来被称为“神保町玄武书房之地狱式留宿大作战”，很长一段时间在各出版社的辞典编辑之间广为流传。

置身于这场骚动的旋涡之中，马缔自然料想不到如此的将来，只顾着竭尽全力处理眼前的事情。

马缔和荒木一起到医院探望松本老师。老师正好做完上午的例行检查，靠坐在病床上，一边看着电视，一边在词例收集卡上奋笔疾书。

不愧是老师，即便住院都把辞典摆在第一位。马缔不由得打心底佩服，见老师的气色比预想的好得多，悬着的心也放了下来。

看到马缔和荒木，老师不好意思地说：

“害你们专程跑一趟，真是对不住。一定是内人大惊小怪跟你们联络了吧。没什么大不了，不过是住院一周做检查而已。岁月不饶人啊，大大小小的毛病都跟着来了。”

在一旁陪护的夫人，满脸歉意地鞠了一躬。一切以辞典优先的老师，恐怕不是个合格的丈夫吧？然而出乎马缔的预料，老师和夫人十分恩爱。此刻夫人无微不至地给老师披上针织衫。

“老师，您千万不要勉强，”荒木一脸担心地说，“趁此机会好好休养身体才是。”

“这么关键的时期，我真是太不中用了。”

年迈的身躯已然不听使唤，老师的焦急和懊恼溢于言表。

“《大渡海》进展如何了？”

马缔和荒木对视了一眼，异口同声地回答：“一切顺利。”

不敢让老师操心，“血潮”事件终究没能说出口。

探望松本老师后，马缔别过荒木，回到位于春日的家里取换洗衣物。

马缔和妻子香具矢居住的木结构两层楼房屋，曾经是面向学生的寄宿公寓。门口还遗留着当年的招牌，写着“早云庄”三个大字。

马缔是早云庄最后一个寄宿人。大约十年前，随着房东阿竹婆婆过世，早云庄作为寄宿公寓的历史也落下了帷幕。孙女香具矢从阿竹婆婆那里继承了早云庄。已经和香具矢成家的马缔，一点点地维修着这幢古旧的建筑，至今夫妻二人也生活在早云庄。

阿竹婆婆生前就把仅仅是寄宿人的马缔视为家人。马缔的藏书不断增加，侵占了整个一楼，她也没有半句埋怨，总是默默关心支持着在工作和恋爱上都笨手笨脚的马缔。

看到马缔和香具矢结为夫妻，阿竹婆婆比任何人都欣喜。跟香具矢和阿竹婆婆一起，在早云庄度过新婚期，对马缔而言，是一段快乐而又温馨的记忆。

某个冬天的早上，阿竹婆婆在睡梦中静静地离开了人世。医生说死因是心脏衰竭，其实就是寿终正寝。晚年的阿竹婆婆食量大减，连上下楼梯也成了体力活，所以几乎一直待在二楼。去世的前一天夜里，阿竹婆婆说自己似乎有些感冒，但还是精神十足，万万没想到就这么一睡不醒了。面对阿竹婆婆的突然辞世，马缔和香具矢惊愕得六神无主。不过，她临终时似乎没经历什么痛苦，好歹给人一丝慰藉。

在愕然之中结束了葬礼，马缔和香具矢围坐在少了阿竹婆婆的被炉边。这时，他们才注意到阿虎已不知去向。两人在附近四处搜寻，也联系了动物收容所，连日等待着阿虎回家。然而，最终也未能找到阿虎。或许它觉察到疼爱自己的阿竹婆婆离世，于是踏上追忆的旅程了吧。

阿虎再也不会回家了，马缔和香具矢接受了这个现实。自阿竹婆婆过世以来一直忍着的泪水终于决堤，两人手牵着手放声大哭，仿佛在拼命地把空气注入几乎要被悲伤碾碎的肺里一般。

拉开玄关的格子门，马缔朝着二楼唤道：“我回来了！”

即刻出来迎接的是现在养的猫——虎郎。虎郎几年前开始定居早云庄，和阿虎长得很像，是只体格健壮的虎斑猫。马缔猜测它可能是阿虎的儿子或者孙子。

任由虎郎在脚边蹭来蹭去，马缔踩着吱嘎作响的台阶上楼。除了厨房、浴室和厕所，一楼的所有房间都被书本侵占，马缔和香具矢生活起居都在二楼。

“咦，你回来啦，”睡眼惺忪的香具矢从二楼尽头的房间探出头，“怎么回来这么早，身体不舒服吗？”

“不是的，”马缔走进位于正中的房间，从衣橱里拿出换洗衣物，“工作出了点问题，今天起暂时要驻扎在编辑部了。”

香具矢脸上露出担心的神色，但并没有追问。她深知马缔在编纂辞典上投入的热情，所以从不过多追问他的工作。而对于一心扑在厨艺上的香具矢，马缔也时刻注意不给她增添负担。

见香具矢打算起床，马缔急忙阻止道：

“你再睡会儿吧。”

早上完成采购和准备后，香具矢会趁开店前的这段时间补充睡眠。

“小光，午饭吃了吗？”

这么说来，忘记吃午饭了。不擅长掩饰的马缔，不由得一时语塞。香具矢起身在睡衣外披上针织衫。

“我马上做。”

“可是……”

“吃饭的时间总有吧？正好我也肚子饿了。”

香具矢朝一楼的厨房走去，虎郎满怀期待地迈着步子紧随其后。

二楼靠近楼梯的房间是马缔夫妇的起居室，室内的布置和阿竹婆婆在世时一样。这个季节还轮不到被炉登场，取而代之的是矮脚餐桌。墙边摆着古旧的衣橱。透过窗户能看到晾衣台和秋季的天空。

与以前不同的是，小小的佛龛里供上了阿竹婆婆的牌位和遗照。佛龛里还供着阿竹婆婆老伴，也就是香具矢爷爷的牌位和照片。听说他很早便过世了，连香具矢也没见过。不过从照片上来看，是个英俊潇洒的男子。马缔觉得香具矢长得特别像爷爷，尤其是眉眼。

把换洗衣物和剃须刀塞进旅行包，小憩片刻，马缔面对佛龛上了一炷香，双手合十。香具矢端着盛放饭菜的托盘走进起居室，虎郎也跟着进来了。

“久等了。”

“谢谢！那我开动了。”

“我也开动了。”

两人面对面坐在矮桌前，拿起了筷子。烤鲑鱼、厚煎蛋和凉拌菠菜，加了炸豆皮、豆腐和葱花的味噌汤，汤头香浓可口。

“简单做了几个菜，完全是早餐的菜式。”

“你做的菜总是这么美味。”

马绨这么一感慨，香具矢倒有些害羞地低下头，一个劲儿地夹菜。虎郎死死盯着鲑鱼，喵地叫了一声。

“虎郎不乖，不是有猫粮吗？”

听到香具矢的责备，虎郎这才不情不愿地把脸埋进放在房间角落的猫碗里。

“刚才去医院探望了松本老师。”

“咦？”香具矢放下筷子，咽下口中食物，“老师怎么了？”

“说是住院一星期做检查。”

“这样啊。真叫人担心，”香具矢不由想到阿竹婆婆的突然离世，“如果老师有什么想吃的菜，我可以做了送过去。你找机会问问他吧。”

“嗯。”

“老师毕竟上了年纪，不好好休养身体可不行。”

“说到这个！”

“什么？”

马绨停下咀嚼，端正姿势。

“松本老师到底多大年纪呢，香具矢你知道吗？”

“不知道。”

两人对视片刻，噗嗤地笑了出来。

“我和老师认识都十五年了，他几乎没怎么变。就算说他超过九十岁，或者只有六十八岁，我都不会怀疑。”

“编纂辞典的人，好像都有点儿不食人间烟火呢。”

见马缔仿佛事不关己地点了点头，香具矢补充了一句：“小光也是。”随即又安慰道：“说不定老师比我们想象的年轻呢，一定很快就会恢复的。”

“也是。”

吃完饭，马缔提着旅行包出了家门。走了几步回头一看，只见香具矢还站在大门口目送自己。被香具矢抱在怀里的虎郎，大张着嘴打了个哈欠。

“忘记告诉你了，我们编辑部的岸边小姐，和曙光造纸的宫本先生在交往哦。”

“果然。我就说嘛，他们来店里时看起来很投缘。”

“嗯，你的洞察力总是那么敏锐。”

马缔和香具矢笑着挥手告别。

后来成为业内传说的“神保町玄武书房之地狱式留宿大作战”，实际长达一个月之久。

马缔和岸边几乎一直驻扎在编辑部，偶尔回趟家，也只是拿上换洗衣物就赶回公司，甚至没有时间和妻子及恋人好好说上几句话。

对佐佐木和兼职学生，马缔无数次劝说“不要勉强”，敦促他们回家。然而，众人都不肯轻易点头，仿佛连续几天或者一个星期驻扎在编辑部是理所当然一般，大家都默默地努力赶工。

“我来核对就是，你们都给我乖乖回家。”

荒木因为夫人去世已久，反正孤身一人，索性领头揽下大量工作，整整一个月都没有回过家。

问题是弥漫在编辑部里的臭气。此时的辞典编辑部可谓人丁兴旺，而窗户却被书架挡住，人的体味、大量纸张产生的粉尘以及油墨的气味混杂在一起，空气混浊不堪。身在编辑部时，因为大家都被这种气味所包围而没有察觉，一旦外出就餐归来，面对蒸腾而起的臭气，每个人都蹙眉屏息。

虽说季节已渐渐接近冬季，但必须保证最低限度的入浴，并且清洗衣物。

玄武书房的主楼配备有小型淋浴房供职员使用，但近来其他部门的人员不断投诉“早晚都被辞典编辑部的人占用”，于是马缔等人决定去神保町唯一一间古旧的公共澡堂。因为辞典编辑部的光顾，澡堂一时间生意兴隆，老板也喜笑颜开。

“不过，那里没法洗衣服啊。”

用毛巾裹着洗好的头发，素颜回到编辑部的岸边，深深地叹了口气。

尽管神保町一带是学生出没的街道，却找不到投币式洗衣房。

“虽然这附近有好几所大学，但住在神保町的学生其实并不多呢。”

“对啊，更没人会在淘旧书的时候顺便洗衣服吧。”

“而且喜欢旧书的人都跟植物似的，对洗衣服没什么兴趣吧。”

岸边和佐佐木在一旁自顾自地讨论起来。

我虽是旧书爱好者，但我并非植物而是杂食动物。马缔在心中抗议。去旧书店淘书的时候，自然满脑子都只想着书。这种时候还惦记着洗衣服，简直是注意力涣散，根本不能称作合格的旧书爱好者。马缔偷偷嗅了嗅自己的袖口，自认为没有异味，但也不敢断定。

最后，众人自发性地搞起了“洗衣值日”。只要把衣物放进大袋子里装好，“洗衣值日生”便会轮流负责，每隔几天便收集一批衣物，拿去春日或本乡的投币式洗衣房清洗。洗衣费由使用的人均摊。但内衣裤无法统一洗涤，只能买新的换，或者去厕所洗。女性阵营甚至购买了晾内衣用的架子，放在玄武书房副楼的女厕所。男性阵营则在书架之间搭一根棍，把内衣裤晾在棍子上。悬挂的内裤仿佛万国旗一般飘扬在编辑部，不用说，遭到了女性阵营的一致恶评和指责。

“现在是非常时期，还请大家谅解。”

马缔向各位女性成员低头致歉，承诺一旦晾干便立马回收，总算平息了编辑部内的不满情绪。

全体总动员核对四校的同时，马缔还与曙光造纸的宫本及技术人员一起，去了好几趟印刷厂。辞典不仅页数多、发行量大，由于使用非常薄的纸张，印刷时需要精密的技术以及细致的操作。在正式付印之前，印刷厂使用“极致纸品”反复进行试印。

根据油墨调配的微妙差异，印刷在纸张上的吸附程度、色泽以及浓淡也会相应变化。怎样的油墨配方最适合“极致纸品”？如何调整印刷机械才能印出适宜阅读的效果？马缔和印刷厂、造纸厂反复商讨，有时还会亲自到工厂，直接向熟练工请教。

印刷方面的细节刚刚敲定，马缔又被出版社的设计师叫了去。负责《大渡海》装帧的是玄武书房装帧部一位四十多岁的男设计师。因为他不分季节总是身着红色T恤，于是得诨名曰“红衬衫”。不过，和夏目漱石的小说《哥儿》里那个“红衬衫”不同，他虽是个怪人，却个性爽朗。

在西冈的鼎力协助下，《大渡海》的宣传计划成了玄武书房的大工程。配合发行时间，在车站张贴的宣传海报，以及委托书店派发的宣传手册等等，必须统一视觉效果。为此还专门请了广告代理商，构思了一系列宣传策略。而“红衬衫”肩负着最为关键的《大渡海》装帧，自然是铆足了劲儿。

“马——缔！”马缔刚踏进装帧部，“红衬衫”便飞奔而来。

“完成了！完成了！《大渡海》装帧的最终稿敲定了！”

“红衬衫”拽住马缔的袖子，拉着他来到办公桌前，桌上放着用高性能打印机打印出的《大渡海》装帧设计稿——书盒、卷在书盒上的腰封、辞典的护封、封面、衬页，甚至还有用作书头布的布料样品。

“辞典这东西，使用的时候多半会拿掉书盒、腰封和护封，实在可惜。尽管如此，每个细节我都没有偷工减料哦！”

顾不上洋洋自得的“红衬衫”，马缔的目光早已被桌上的设计稿吸引。

《大渡海》的书盒、封面和护封是犹如夜晚海面般的深蓝色，腰封是宛如月光的淡雅奶油色。翻开封面，衬页也是同样的奶油色。装在辞典的天头与地脚、用于美化外观的书头布则为银色，仿佛闪耀在夜空中的月亮。

“大渡海”三个大字也是银色，苍劲有力的字体在深蓝背景的衬托下格外醒目。细细看来，书盒及护封的下方用纤细的银色线条勾勒出滚滚波涛。书脊上绘有古代帆船模样的小舟，正在惊涛骇浪之中穿行。辞典的封面和封底上则分别刻印着并不张扬的新月和小舟标记。

“红衬衫”准确地表现出了《大渡海》的理念。马缔不胜感激，久久地凝视着设计稿。

“怎样？”

“红衬衫”似乎不安起来，忍不住发问。

“主题鲜明，又令人感到温馨，”马缔这才回过神来，“我认为这个设计非常棒。营业部那边怎么说？”

“还没给他们看呢，我想第一个给马——缔看嘛！”

“红衬衫”总喜欢把“马”字拖长一拍。

“非常感谢。不过，这莫非是烫银？”

马缔指着书盒及护封问。烫银工艺的确极具奢华感，但成本太高。

“放心啦，马——缔，印刷技术可是日新月异哦！我打算请印刷厂做出仿烫银的效果。啊，不过辞典封面是货真价实的烫银。一切都控制在预算之内，”“红衬衫”挺起胸膛说，“这些我都考虑到了。”

“是我多虑了，抱歉，”马缔十分过意不去，“那么，就照这个方案执行吧。万一营业部那边有意见，我会全力抗击的。”

装帧就此拍板定案。马缔感觉双肩上堆积如山的重荷，终于卸下了一件。他迈着变得轻盈的脚步，回到了辞典编辑部。

办公桌上核对完毕的四校稿件堆积成山。必须依次送回印刷厂，请他们印刷五校的稿子。

稿件的山一座又一座。

马缔振作精神，拿起红铅笔，开始对四校稿进行最终梳理，检查是否有行数变动的地方。

通过全体动员核对四校，一个月后确定了除“血潮”以外，没有其他遗漏的词条。当然，重新核对也带来不少收获，比如找到先前忽略的错别字和漏字，以及对有争议的释义进行讨论。

“不过，这回的事件真可谓‘雷声大雨点小’啊！”

正如荒木所说，熬过了留宿赶工的众人，说实话，心里多少有些失落。

“让大家花费了不必要的劳力，实在非常抱歉！”

看着众人充满疲惫的脸，马缔不住地道歉。

“没有啦，俗话说小心驶得万年船嘛。”

"幸亏这次仔细核查了一遍，现在彻底放心了。"

学生们纷纷宽慰马缔。的确大家都疲惫不堪，但同时也满怀成就感。众人满面笑容地收拾行李，久违地踏上了归家之路。

《大渡海》真是邂逅了一批优秀的编辑人员。马缔站在编辑部门口，目送学生们回家。

其实经历"地狱式留宿"之后，马缔也对《大渡海》更有把握了。在那么多双眼睛的地毯式搜寻下，也只找到了极少的错别字和漏字。虽然漏掉"血潮"是令人悔恨万分的过失，不过总算是避免了《大渡海》带着漏洞出版这一最糟糕的状况。不但其余的词条全数收录，而且，不是自夸，释义的内容也是准确到位。

《大渡海》是一本内容分布均衡并兼具精准度的辞典，无论是使用还是阅读都能令人乐在其中。经过留宿赶工，马缔更加坚信这点了。

见岸边还留在编辑部，马缔向她招呼道：

"岸边小姐也辛苦了！今天请回去好好休息吧。"

"好的。马缔先生呢？"

"我准备和荒木去趟松本老师家。"

当时说是住院一星期检查，但在留宿赶工期间，松本老师始终没来编辑部露面。只是夫人打过一次电话，道歉说："老师还没完全恢复。"之后便杳无音讯。虽然担心老师的状况，但当时实在无法抽身。

《大渡海》的编纂工作终于回到了正轨上，马缔与荒木商量后决定趁此时机前去探望松本老师。岸边似乎也想跟着去，但马缔见她一脸疲惫，便说服她先由自己和荒木打头阵。两人相互确认翌日的上班时间后，在玄武书房副楼前道别。

松本老师住在千叶县柏市，荒木也没去过老师家。马缔和荒木一起从神保町乘坐地铁，按着地址向东边进发。

时间距回家高峰期还早，马缔的膝头上放着提包和蛋糕盒，与荒木并肩而坐。出版社附近有家老字号蛋糕店，松本老师特别喜欢那里的法式巧克力泡芙。

马缔买慰问品的时候，荒木一直沉默不语，坐上地铁才终于开了口。

“刚才打电话说我们过去拜访，正好是老师接的电话。”

“老师情况如何？”

“嗯，声音听起来挺精神的。不过，既然如此，为什么不来编辑部呢？这点让我耿耿于怀。”

到了柏站，两人都不知道该怎么走，索性乘了出租车。五分钟之后到达了老师家——一幢小巧古旧的独户宅院。

按下对讲机不久，夫人便出门迎接，将两人带到客厅。不出所料，房间里满是藏书，四面墙壁前都立着书架，书架前的地板上也堆着及胸高的书本，走廊和楼梯更是仅剩下勉强供一个人通过的空间。

生活在这种环境下，老师的夫人和孩子不会埋怨吗？如此光景，就连马缔也看得目瞪口呆。或许是由于纸张吸音的缘故，弥漫着淡淡霉味的房间，笼罩在一片安静祥和的氛围中。

夫人端来三人份的红茶和法式巧克力泡芙。

“谢谢你们带来的美味糕点。这样直接拿来招待，真不好意思。”

夫人恭恭敬敬地低头致谢，马缔和荒木反倒觉得过意不去。这时，客厅的门开了，松本老师走了进来。

“劳你们专程跑一趟，真对不住。”

见到松本老师，马缔一时之间竟说不出话来。有阵子不见，原本就清瘦的老师愈发瘦削，虽然跟往常一样身着西装，打着绳状领带，但衬衫的领口松得可以放进两根手指。老师似乎一直在卧床休息，因为马缔他们到访才特地更衣出来迎接。被荒木的手肘戳了下侧腹，马缔这才回过神来，连忙为突然来访致歉。

老师谢过夫人之后，示意她离开客厅。坐到马缔和荒木对面沙发上的老师，一见茶几上的法式巧克力泡芙，顿时笑逐颜开。

“哎呀，谢谢你们带来好吃的糕点。”

不愧是夫妇，连反应都这么一致。

“不瞒你们说，这回查出食道里有癌细胞……”

老师的话语确实进入了耳朵，却没能传达到大脑。坐在身旁的荒木轻吸了一口气，而马缔却呆呆地不知该作何反应，只是隐约觉得事态非常严重。

荒木小心翼翼地询问病情，老师一一作答。说是目前一边服用抗癌药物，一边接受化疗。虽然癌细胞有所减少，但因为副作用，大部分时间只能卧床休养。今后视病情变化，可能会再次住院治疗。

面对词汇总是表现得积极果断的马缔和荒木，在病魔面前却束手无策，连一个恰当的词也想不出来，也不敢轻易说出“一定会好起来的”“请加油”之类的鼓励，只有沉默不语。

也许是看穿了马缔和荒木极力掩饰的不安和担心，松本老师以明快的口气询问起《大渡海》的进展状况。马缔没提及留宿赶工的事，向老师报告说一切进展顺利，并把带来的装帧设计稿拿给老师过目。

“这个装帧配我们的小舟再合适不过了，”老师在膝头上展开设计稿，充满爱怜地以指尖摩挲着银色的波浪，“真期待它早日出版啊！只要身体恢复，我就可以回到编辑部了。在那之前，若是出现什么状况或疑问，请随时跟我联系。”

“今后事无巨细，我们都会征求老师的意见。”马缔承诺。

《大渡海》可谓松本老师生命的一部分。顾虑到与病魔斗争的老师，而将他隔离在编纂工作之外，无异于强行剜下老师的心头肉。

马缔和荒木打算步行回车站，于是在天黑之前辞别了松本老师家。老师和夫人一起送他们到门口。走到转角处蓦然回首，只见老师还站在门口，羸弱的身影朝着他们轻轻挥手。

三个法式巧克力泡芙原封不动地留在客厅的茶几上。

马缔犹如被驱赶着一般，全身心投入第五校的核对中。

“赶不上了”这个念头不断催促着马缔加快速度。松本老师还没亲眼见到《大渡海》出版，万一有个三长两短该怎么办？虽然知道这么想既不吉利又太悲观，但现状让人乐观不起来。马缔和荒木前去拜访后不久，老师就住院了。年末时出院，和夫人在家里迎接新年，但刚过完年又再次住院了。荒木频繁地去病房探望老师，同时请教五校时发现的疑问，请老师做定夺。

如此下去恐怕会赶不上截稿日期。这个令人懊恼、但又切切实实的问题，也是令马缔焦急不安的原因之一。寒假回老家过年的学生人数远远超过暑假，很难聚齐人手。为了赶上留宿时落下的进度，马缔、荒木、岸边和佐佐木连除夕夜和正月头三天都在家里赶工。

到了一月中旬，兼职学生也全体回归，终于能够全速运转进行五校。由于辞典页数多、印量大，印刷和装订也相当花时间。必须不断把校对完毕的部分送往印刷厂，开始正式印刷。最晚得从一月底就开始运作印刷机械，否则肯定赶不上发行日期。

马缔连续好几天都忙到深夜，香具矢正好也在同一时段结束营业回家。于是，两人聚在早云庄的起居室里，一起吃香具矢做的夜宵。往常都由马缔负责做晚餐，为晚归的香具矢留上一份，用保鲜膜包好放进冰箱。香具矢吃完洗好餐具后，顺便为马缔做第二天的早餐——这便是生活步调不一致的两人充满默契的合作。

两人少有面对面共进夜宵的机会，对于这一点，马缔倒是很开心，但两人却并没怎么说话。因为马缔已是筋疲力尽，加之挂念着松本老师的病情。香具矢暗暗为马缔操心，特地做了鳗鱼茶泡饭或蒜香骰子牛排一类增强体力的菜肴。店里的工作本来就辛苦，实在对不住她。马缔有些内疚地想着，满怀感激地把饭菜一扫而光，以此来回报少言寡语却十分体贴的香具矢。

由于深夜加餐老吃鳗鱼和牛肉，马缔的肚子周围渐渐松弛起来。照这样下去，恐怕要向至今无缘的中年发福突飞猛进了。在爱妻夜宵的鼓舞下，马缔再次坚定决心，一定要尽早完成《大渡海》。

由于马缔无法从编辑部抽身，香具矢便时不时代替他去探望松本老师。当年还在“梅实”做学徒的时候，老师便对香具矢的手艺情有独钟，也常常独自前去光顾。香具矢自然也非常担心老师的病情，似乎常常送去老师喜爱的菜肴。尽管如此，一旦问起老师的胃口或身体状况如何，香具矢却总是含糊其辞。

“老师总是一脸歉疚地说：‘都怪我拖了马缔的后腿……’”

“让老师这么挂心，实在是问心有愧。帮我转告老师，《大渡海》一切顺利，请他放心休养。”

这番对话也不知重复了多少遍。然而，现实犹如阴云密布的隆冬天空一般沉重。《大渡海》的编纂进入最后阶段却进展缓慢，老师的病情也没有明显好转，一月即将告终。

无论进度多么缓慢，只要继续前行，总有一天能看到曙光。一如唐三藏跋涉千里到天竺取经，最终将带回的大部头佛经译成中文，创下伟业；或如禅海和尚坚韧不拔地挖掘岩石，历经三十年终在断崖上打通隧道。辞典亦是如此，不单单是搜集词汇的书籍，更是体现了一个真谛——历经岁月仍不屈不挠的精神终将带来真正希望。称它为人类智慧的结晶亦是当之无愧。

转轮印刷机开始运作，印刷出《大渡海》的内页。和荒木、岸边一同到场见证《大渡海》开印的马缔，双手小心翼翼地捧起刚刚印好的一页。

这是尚未裁剪的一大张薄纸。页码的顺序以及页面的上下左右都是零散地排列着，单面十六页，两面总共印着三十二页的内容。

将这张纸对折四次，便得到辞典开本大小的十六页纸，此时页码顺序和页面的上下左右也自然而然地排列好了。留下做书脊的一端，将其余三边裁开，便能得到一册“书帖”。也就是说，三十二页内容便构成一册书帖。《大渡海》厚达两千九百多页，需要把九十多个书帖叠在一起，加以固定，最终装订成册。

尚未裁剪的这一大张纸还微微带着热度。虽然心里明白这是印刷机的温度所致，但马缔依然坚信，这热度中凝聚着许许多多的人——荒木、松本老师、岸边、佐佐木和自己，还有参与《大渡海》编纂的众多学者及兼职学生、造纸公司及印刷厂的员工们——的炽热情感。

纸张带着柔和悦目的淡黄色泽，上面清晰地浮现出犹如夏夜般深邃的暗色文字。细细看来，这一页上恰好印着“明”这个词条。马缔匆忙眨了眨眼，因为眼角泛起的泪花模糊了视线。

“明”这个词不单指光亮和灯火，还有“证明”之意。玄武书房辞典编辑部与词汇之间长达十五年的搏斗，决非徒劳无功。大家的努力在眼前逐渐成形，这便是最好的证明。

“多美啊！”

岸边仿佛欣赏宝石一般注视着印刷好的纸张，用手绢轻拭眼角。曙光造纸的宫本站在她身边，感慨万千地点着头。荒木用颤抖的指尖摩挲着纸面，小心翼翼的动作甚至有些滑稽。

“马缔，”确定这一切不是梦境之后，荒木说道，“赶快把这个……”

“是，我这就给松本老师送过去。”

编辑部仍在继续进行“や行”以后词条的第五校。把工作托付给岸边，马缔拿着卷成筒状的纸，与荒木一道赶往位于筑地的医院。

松本老师打着点滴，鼻腔里插着辅助呼吸的管子，半躺卧在床上，背靠枕头正在词例收集卡上写着什么。注意到马缔和荒木，老师立刻露出笑容，把铅笔放在枕边的桌子上。

“哎呀，欢迎欢迎。马缔，好久不见！”

夫人恰好回家了。在老师略微沙哑的声音催促下，马缔和荒木在床边的折叠椅落座。

与去年在老师家里见面时相比，老师既没胖也没瘦。也许是心理作用，感觉老师的脸色不错。马缔略带顾虑地看向老师，试图找到一丝乐观的征兆。

又一次被荒木的手肘戳了下侧腹，马缔才猛地回过神来。不能占用太多时间，让老师累着。

“其实，有件东西想先请老师过目。”

马缔展开纸，放在老师的膝头上。

“哦！”

松本老师低声感叹。不，那是宛如从喉咙中挤出一般，发自内心的喜悦之声。

“终于，终于等到了《大渡海》付印……”

老师瘦骨嶙峋的手指充满爱怜地抚摸着一个个文字。“是的，终于能印刷出来，呈现在我们面前了！”马缔忽然间很想紧紧握住老师的手，这样对他说。转念一想，觉得太过冒失，便忍了下来。

“老师，《大渡海》计划三月发行，”荒木以平静的口吻说，“样品做好之后，我马上送过来。不，到时候我们一起在编辑部庆祝吧。”

“好期待啊！”松本老师抬起头，仿佛抓到美丽蝴蝶的少年一般绽放出笑容，“荒木，马缔，真的非常感谢！”

松本老师终究没等到《大渡海》完成，二月中旬离开了人世。

从一直守在医院的荒木那里得知这个噩耗，马缔呆呆地打开编辑部的储物柜，查看黑色领带是否在柜子里。第一反应竟是确认领带，自己还真是奇怪。马缔的感情和行动完全脱节，无法控制。

玄武书房辞典编辑部成员们，一面安抚老师的夫人，一面安排好守夜和告别仪式等一系列后事。这时，马缔才得知松本老师享年七十八岁。老师远不到退休年龄便辞去大学教授的职位，之后便一心扑在编纂辞典上，不收门生，也和学术派系保持距离，一生都奉献给了词汇。

松本老师还在大学任教时，荒木便和他一起编纂辞典，可谓是松本老师的好搭档。将近半个世纪的时间里，他作为编辑协助并鼓舞老师，共同完成了数本辞典。而此刻的荒木，没流下一滴眼泪，忙着接待前来吊唁的客人。虽然他举止淡然，但看着那凹陷的脸颊和苍白的面色，也不难想象他心中回响着何等悲戚的恸哭。

葬礼结束后，马缔在傍晚时分回到了早云庄。走进玄关，马缔不情不愿地撒盐净身。如果老师的灵魂真的附在自己身上，希望他能一直守护着《大渡海》。

先一步回到家的香具矢已经脱下丧服，换上便装出来迎接马缔。因为担心马缔，特意推迟了开店时间。两人默默地来到二楼的起居室，喝着香具矢泡的热腾腾的焙茶。

“没能赶上……”

马缔自言自语道。终究没能让松本老师看到《大渡海》。如果，当初调动到辞典编辑部的不是我而是其他编辑，一定能更早完成《大渡海》吧。都怪我不中用，没能让老师在世时看到多年来的梦想结出硕果。

马缔回过神来的时候，已经泣不成声了。在香具矢面前落泪，真是丢脸。虽然心中这么想着，但泪水伴随着野兽般的低吟声，源源不断地涌出，怎么也抑制不住。香具矢绕过被炉，在马缔身旁坐下。

她一语不发，只是温柔地抚摸着马缔颤抖的肩膀。

时值樱花含苞待放的季节，在三月下旬的一个晚上，庆祝《大渡海》完成的晚宴在九段下的老字号酒店宴会厅举行。

以参与辞典执笔的学者为首，造纸公司和印刷公司的相关人士都受邀到场，出席人数超过了百人。玄武书房的社长登台致辞，拉开了盛宴的序幕。

会场内侧设置了一张及腰高的桌子，放着《大渡海》和松本老师的遗像，周围装饰着鲜花，还供着两合日本酒和酒盅，跟祭坛一样。松本老师的夫人也来到会场，眯着眼注视着老师的遗像和辞典。

真可惜没能邀请兼职学生们。马缔这么想着，游走在自助式晚餐的会场里，向出席者一一致谢。如果总数超过五十人的学生来到会场，定会像蝗虫扫荡农田一般，把菜肴吃得一干二净。玄武书房的经费还没那么充裕，于是决定改日在居酒屋犒劳学生们。

今晚也邀请了几家大型书店以及大学图书馆的相关人士。两周前正式面市的《大渡海》好评如潮。目前，书店的销售状况良好，完全超过预期。这个晚宴正是追加订单的好机会，玄武书房营业部的一干人个个摩拳擦掌。销售部和广告宣传部的众人也忙着招待来宾，时而为他们斟酒，时而谈笑风生。

“马缔！”

听到声音回头一看，只见西冈退出谈笑的人群，朝着马缔走来。修身西装的胸前口袋里探出红色手帕，看来是精心打扮了一番。着装跟往常无甚差别的马缔，不禁呆呆地盯着西冈胸前的红手帕。

“《大渡海》的后记里竟然有我的名字呢！”西冈的语气充满感激。

“是的。”

“后记是你写的吧？”

“因为松本老师住院，就由我代笔了。当然，事先有跟老师商量过内容，征求了意见。”

西冈也曾在辞典编辑部待过，为编纂《大渡海》出了不少力，把他的名字写进后记也是理所当然。不明白西冈如此激动的缘由，马缔有些疑惑。

“难道是名字印错了？”

“不是啦。我几乎什么都没做……”说到一半，西冈苦笑起来，“你这家伙，真是的！”

轻轻拍了拍马缔的后背，西冈再次回到了人群中。马缔似乎听到他低声说了句“谢谢”，不过或许只是错觉。眼尖的西冈发现了广告代理商，油嘴滑舌地招呼道："荻原先生，你好你好！这次真是承蒙你的关照啦！"那位名叫荻原的客人回以笑容，看来并不介意西冈的轻浮。

问候完来宾，马缔走到祭坛前面。松本老师的夫人正把《大渡海》拿在手上，充满慈爱地端详着。

"松本第一次住院时，就做好了心理准备，"夫人静静地对站在旁边的马缔说，"当然，他绝不是轻言放弃的人。直到生命的最后一刻，都还挂念着《大渡海》。"

"没能让老师看到《大渡海》出版，真的非常抱歉！"马缔深深鞠躬。

"可别这么说，"夫人摇摇头，"松本一定很高兴，我也一样。因为多亏了你们，他倾注毕生心血的《大渡海》才得以成形。"

夫人轻轻地将《大渡海》放回松本老师的遗像旁边，向马缔颔首致意。目送夫人离开祭坛后，马缔朝着老师的遗像默默地双手合十。

"辛苦了。"

以为老师对自己说话了，马缔惊愕地抬起头来。不知何时荒木来到了身边。

荒木也老了不少啊！这也难怪，只是编一本辞典，不知不觉间便耗费了十五年光阴。

"听说你最近很消沉啊。前几天去了月之隐，香具矢很担心你呢。"

“都怪我能力不足，实在对不起松本老师。”

虽然羞于启齿，马缔还是吐露了心声。

“我猜就是这样，所以给你带来了好东西，”荒木从西装内袋掏出一只白色信封，“这是松本老师留给我的信。”

在荒木视线的催促下，马缔接过信封，展开里面的信笺。

在词例收集卡上看过无数次的老师的字迹，一笔一画意外地饱含力道。

身为主编，在最后关头却没能尽到责任。在此，谨向辞典编辑部的各位同仁致以深深歉意。《大渡海》完成之时，恐怕我已经不在人世。但是，如今我心中既没有不安也没有后悔。

因为，我眼前清晰地浮现出美好的一幕——《大渡海》航行在汪洋大海上，海里充盈着名为词汇的珍宝。

荒木，我要订正一点。我曾说：“再也遇不到像你一样的编辑了。”但是，我错了。多亏你带回来的马缔，我才能再次阔步迈进在辞典的大道上。

能够邂逅像你和马缔这样的编辑，我真的很幸运。多亏了你们，我的人生无比充实。有没有比“感谢”更能表达我心意的词汇呢？如果有，我会在另一个世界——倘若真的存在死后的世界——将它写进词例收集卡。

编纂《大渡海》的每一天，都是多么愉快啊！在此，我衷心祝愿大家、祝愿《大渡海》能永远幸福地航行下去。

马缔恭恭敬敬地叠好信笺，收回信封里。

马缔依次环视松本老师的遗像、刻印着老师名字的《大渡海》，以及会场每一个人的面孔。

词汇有时空虚无力，无论荒木和老师的夫人怎样呼唤，也无法延续老师的生命。

然而，马缔心想，老师的一切并未消失。正因为有了词汇，最重要的东西才留在了我们的心里。

即使生命走到尽头，即使肉体化为灰烬，对老师的回忆，将超越物理意义的死亡，印证老师的灵魂长存于世。

老师的音容笑貌，老师的一言一行。为了讲述往事、分享记忆，并传承下去，语言必不可少。

明明从未触碰过，马缔的手心却忽然感觉到了老师的手。最后一次在病房和老师见面时，终究没有握住的那只手，看起来冰凉而枯瘦、却又光滑的老师的手。

为了与死者相连，与尚未降生的人相连，人创造了词汇。

岸边和宫本正吃着蛋糕。明明强调过编辑部成员必须坚守岗位、接待来宾，禁止在会场吃喝，可两人却开心地拿着叉子，分享彼此盘里的蛋糕。佐佐木靠在墙边品着白葡萄酒，西冈依然油嘴滑舌地进行着交际活动。

每个人都笑容满面，为《大渡海》的完成而喜悦。

我们编出了小舟。承载着绵绵不绝地从太古延伸向未来的人类灵魂，在丰饶的词汇之海上航行的小舟。

“马缔，明天就要开始《大渡海》的修订工作啦!”

荒木说着，催促马缔走到会场中央。他的脸上泛着百感交集的光辉。或许只是马缔的错觉。

即便在这个喜庆的夜晚，他也考虑着《大渡海》的将来。不愧是荒木，松本老师灵魂的助跑人。

辞典的编纂工作没有尽头。承载着希望，航行在词汇海洋上的小舟，航程永无止境。

马缔笑着点头说：“那么，今晚就让我们一醉方休吧!”

一边注意着不让泡沫溢出，马缔小心翼翼地给荒木的杯里添上啤酒。